『豹頭王の試練』

かれのからだはどんどん下のほうに吸い込まれてゆきつつあった。
（257ページ参照）

ハヤカワ文庫JA
〈JA789〉

グイン・サーガ⑩⑩

豹頭王の試練

栗本 薫

早川書房
5604

THE PILGRIMAGE OF THE PANTHER-KING

by

Kaoru Kurimoto

2005

カバー／口絵／插絵

丹野　忍

目次

それは――

異形であった。

そしてまた、それに似たものはひとつとして、人々は知らなかった。

それへの畏怖と憧れと、そして少しのおそれにみちて、人々は、それをこう呼んだ。

――《豹頭王グイン》と。

――豹頭王のサーガより

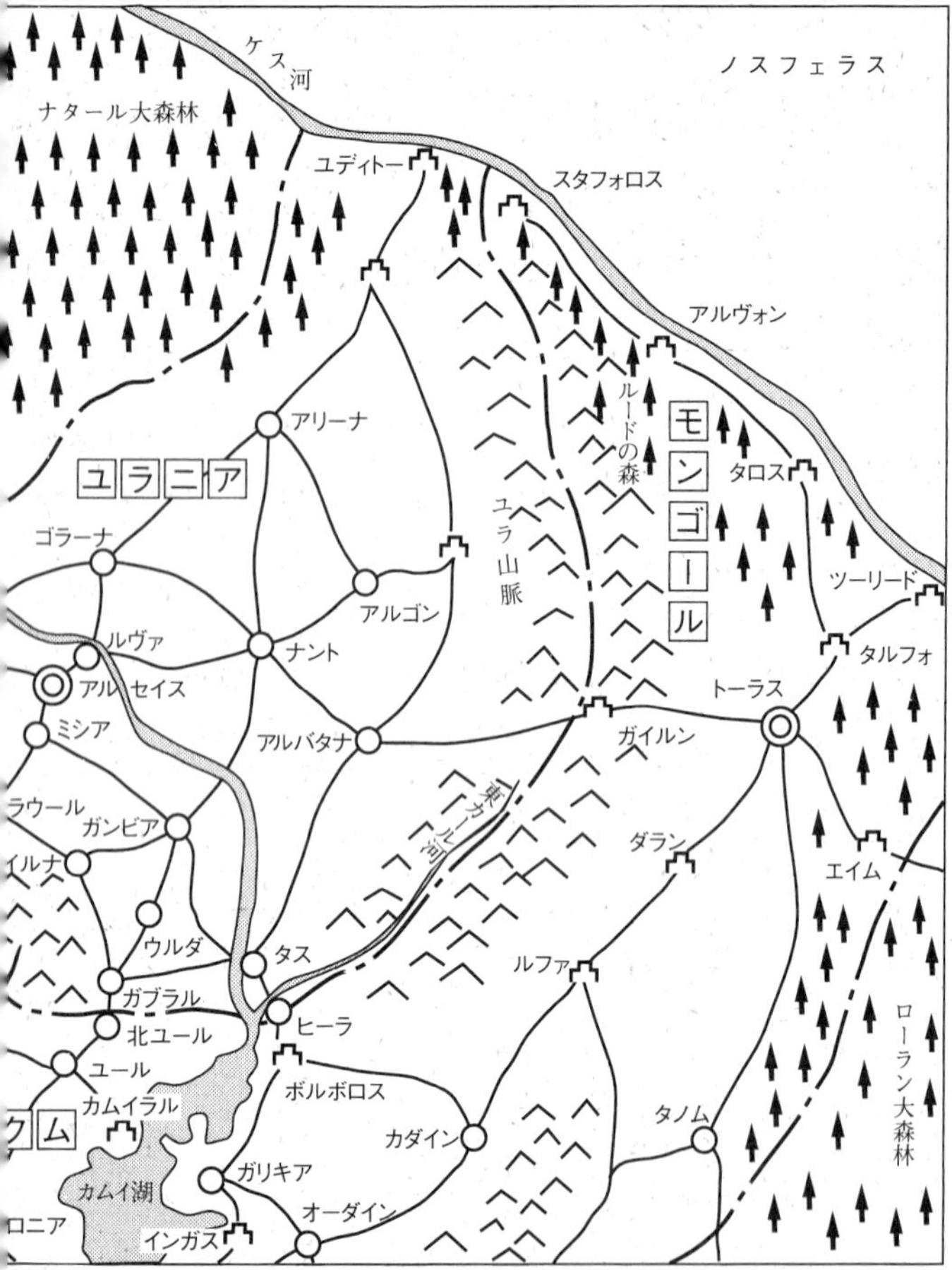
ケス河
ノスフェラス
ナタール大森林
ユディトー
スタフォロス
アルヴォン
ルードの森
モンゴール
タロス
ツーリード
タルフォ
トーラス
ユラ山脈
アリーナ
ユラニア
ゴラーナ
アルゴン
ルヴァ
ナント
アルセイス
ミシア
アルバタナ
ガイルン
東カール河
ラウール
ガンビア
イルナ
ウルダ
タス
ダラン
エイム
ルファ
ガブラル
ヒーラ
北ユール
ユール
ボルボロス
カムイラル
クム
カダイン
タノム
ローラン大森林
ガリキア
カムイ湖
オーダイン
ロニア
インガス

〔中原拡大図〕

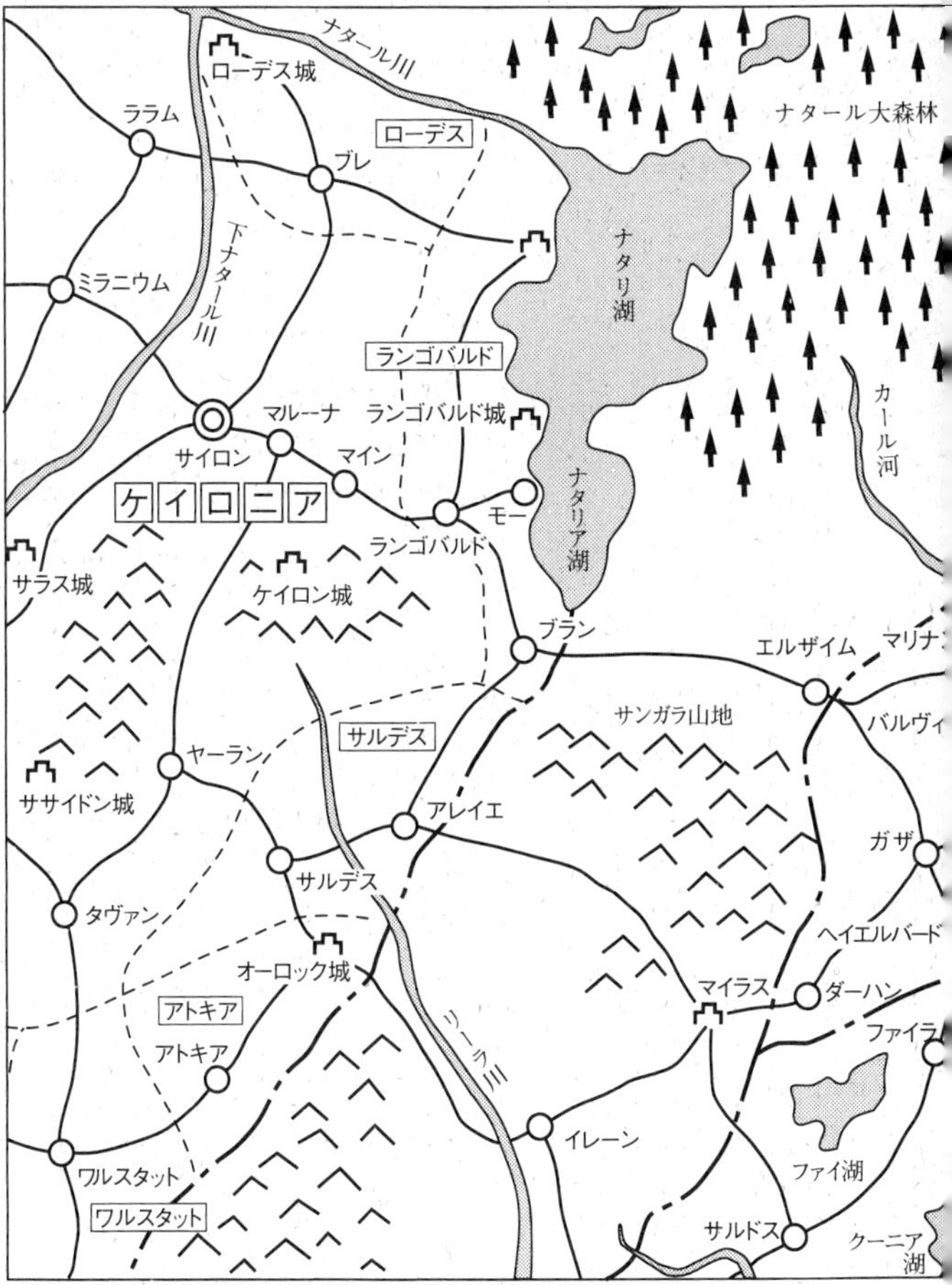
ナタール川
ローデス城
ララム
ローデス
ブレ
ナタール大森林
ナタリ湖
下ナタール川
ミラニウム
ランゴバルド
ランゴバルド城
マルーナ
サイロン
マイン
カール河
ケイロニア
モー
ナタリア湖
ランゴバルド
サラス城
ケイロン城
ブラン
エルザイム
マリナ
サンガラ山地
バルヴィ
サルデス
ヤーラン
ササイドン城
アレイエ
ガザ
サルデス
タヴァン
ヘイエルバード
オーロック城
マイラス
ダーハン
アトキア
ファイラ
アトキア
リーラ川
イレーン
ファイ湖
ワルスタット
ワルスタット
サルドス
クーニア湖

〔ノスフェラス〕

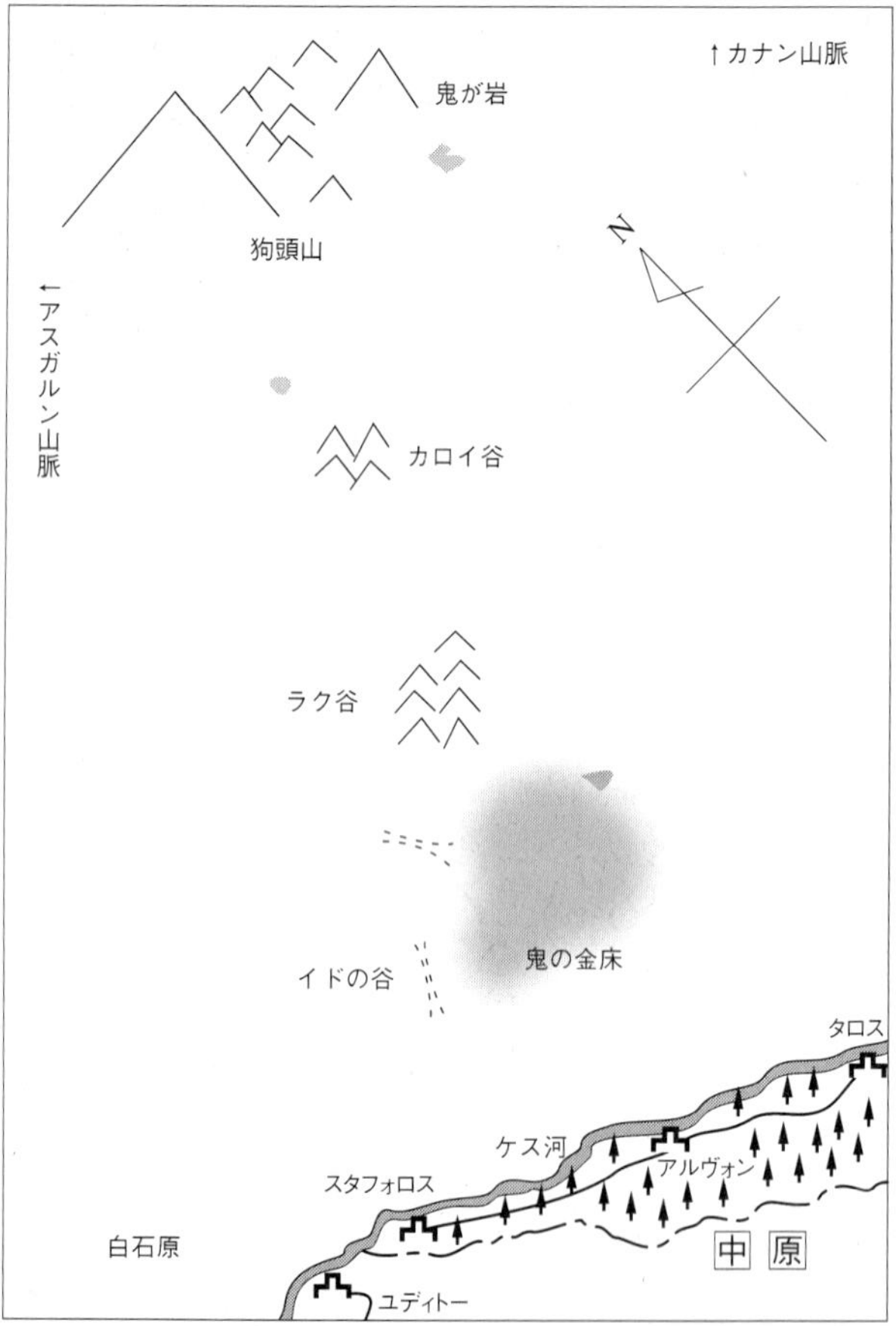

↑カナン山脈
鬼が岩
狗頭山
N
←アスガルン山脈
カロイ谷
ラク谷
鬼の金床
イドの谷
タロス
ケス河
アルヴォン
スタフォロス
白石原
中 原
ユディトー

豹頭王の試練

登場人物

グイン……………………ケイロニア王
イシュトヴァーン………ゴーラ王
マルコ……………………ゴーラの親衛隊隊長
ハラス……………………モンゴール反乱軍の指揮官
コー・エン………………ゴーラ軍親衛隊第五小隊長
グラチウス………………〈闇の司祭〉と呼ばれる三大魔道師の一人
イェライシャ……………白魔道師。《ドールに追われる男》

第一話　妄執の森

1

カラン、カラン、カラン、カラン、カラン――

うつろな、まるで弔いの鐘の音をでも思わせるような音が、規則正しい間をおいて、鳴っていた。それは、ウマの鞍にぶらさがっている金物の水差しが、ウマの歩みにつれて、あぶみのはじっこにぶつかってたてる音のようであった。

だが、誰も、それをふりかえるものはいなかった。ゴーラ軍の騎士たちは誰も何も口をひらこうとさえするものもなく、面頬をおろしたまま、黙々と、騎士のすがたをしたあやつり人形であるかのように馬上にあって、両側に切り出された木の積んである、ルードの深い森の中にかれら自身が切り開いた道を進んでいた。長くだらだらとどこまでも続いてゆく隊列は、ほとんどケス河畔からトーラスまでもつながっているのではないかとさえ思われた。

その列のなかほどに、白い愛馬にまたがり、白いマントをなびかせ、白づくめのなりに、しかし黒い長い髪の毛が妙に不吉な弔いの装いのような印象を与える一人の男が、大勢の臣下に守られたまま進んでいた。そのけわしいおもては永劫の孤独にきびしくとざされ、その暗黒の瞳は何をも見てはおらぬかのようにじっと宙に据えられたまま、両側にくりひろげられるルードの森の風景にも、またやわらかな青紫の、森の上にひろがる空にも、一切向けられようとはしなかった。彼はただ、一人きり、おのれの想念のなかに、ぽつねんとひたりきって、何物をもよせつけぬかのように見えた。

そして、その少しあとに、さらにきびしく周囲を兵士たちに見張られて、馬上でたかだかと縛り上げられたまま、鞍に揺られている虜囚のすがたが眼をひいた。皮のマントに、むきだしの上体をななめに横切っている皮のベルト、皮の足通し、皮のサンダルだけを身につけ、その首から上は見るものをはっと息を呑ませる《異形》——豹頭の戦士。

その、たくましいからだはマントごと、高手小手に縛り上げられ、その縄はウマのあぶみと鞍と、そして手綱とに何重にもくくりつけられて、万一にもとりこが縄を切ってしまえぬようにと異様なまでにきびしい警戒がなされていた。グインは無表情な豹頭をもたげ、これもまた、前をゆくイシュトヴァーンと同じく、トパーズ色の目をじっと宙に据えたまま、何を思うとも知れぬ沈黙のなかに、縛られたまま鞍に揺られていた。そのウマのくつわをとらえる兵士はいくぶんびくびくしているように見えた。

そしてまた、グインを乗せている馬は、この騎士団の連れているなかではもっとも巨大な、もっともたくましいものが選ばれていたのだが、それでも、まだ、グインを長時間騎乗させるには、とうてい不安が残るだろう、ということで、そのすぐうしろに替え馬がしかも二頭、誰も乗せぬままで続いていた。そのさらにうしろに、二頭の馬が荷車をひいて続いていた。その荷車には、ぼろぎれのようになって、ただぐったりと横たわったまま、ほとんど正気を失っているらしい、ハラスがこちらは無造作に、やはり縛り上げられたまま乗せられていたのである。

それは、陰惨な行進であった。その軍勢のはなつ、その前の行軍とさえ比べ物にならぬ殺気を感じ取るのか、または日中であったからかもしれないが、ルードの森のグールたちさえ、まったくあらわれる気配さえなかった。うかつに姿をあらわそうものなら、どのような攻撃を誘発するかわからぬ——というような、奇妙な恐しく殺気だった気配が、この軍勢を取り巻いていたのだ。

同時にまた、おそろしいほどの緊張感が、この軍勢を構成するものたち全員を占めていた。あるじの異様な激昂と嗔恚が、かれら全員を金縛りにでもしてしまったかのようであった。

かれらは恐しい勢いで、ルードの森のなかの道を進んでいた——やがて、ようやく、イシュトヴァーンがかすかに鞍の上で身じろぎし、かたわらに付き従うマルコにむけてかすかにうなづいてみせた。すかさず「小休止！」の号令が下される。兵士たちは、ほっとしたように、馬をとめ、馬からおり、歩兵たちはただちにそのあたりに天幕を張る仕事にかかったが、小休止となっても、普段ならばどっとにぎやかな声があがり、くつろいだ空気が流れるはずであったにもかかわらず、誰もはかばかしく声をあげるものもいなかった。かれらは、まるで、行軍し、命令にしたがうだけの生き人形にでもされる魔道をかけられてしまったようにさえ見えた。

こわばったおもてで、沈黙したまま、兵士たちが天幕を張り終えるのをイシュトヴァーンはじっと待っていた。それから、ゆらりと馬から下り、あわてて手伝おうと手をのべる近習などそこに存在さえしていないかのように無視して、天幕のなかに入っていった。それからややあって、別の小姓が天幕から大急ぎで走り出してきて、「虜囚グインを天幕に同行するように」という命令を伝えた。

グインの扱いは、一応の賓客扱いから、まったくの重大な捕虜のそれへと、百八十度変わっていた。彼は馬につないであった縄こそはとかれたものの、上体はなおも厳重に縛り上げられたまま馬からおろされ、天幕へひっぱってゆかれた。グインは抵抗しなかった——とはいうものの、彼を扱うゴーラの騎士たち、近習たち自体の、うやうやしいようすにはべつだんさしたる変化もなかったのだが。ただ、ひそかな親しみをちらりと見せることさえ危険だ、とでもいうかのように、かれらはうつむきかげんに、グインと目をあわせることさえも避けていた。もっともグイン自身もまったく、おのれの物思いに深く沈み込みきっていて、ゴーラの騎士たちに目をむけたりするどころではなかった。

「入れ」

天幕の垂れ幕をかかげ、うしろから小姓がグインを押し込むようにした。グインは縛られた縄じりをとられたまま、抗うようすもなく中に入っていった。地面には敷物一枚敷かぬまま、床几と小さな折り畳み式のテーブルだけをおいて、奥にイシュトヴァーンが軍装ひとつとかぬまま床几にかけていた。そのテーブルには早速酒の壺が出されていたが、珍しくもイシュトヴァーンはそれに手をつけてはいなかった。もっともまだ日も高かったのだ。イシュトヴァーンは膝の上に、横に乗馬鞭をよこたえて持っていたが、グインを見るとゆっくりとそれを卓にたてかけるように置いた。

グインが中に入ると、小姓はイシュトヴァーンの一瞥をあびて、いそいで外に逃げるように出ていった。グインはもう縄じりをとるもののないまま、厳重に縛り上げられたままのかっこうで、イシュトヴァーンに向かいあって立っていた。イシュトヴァーンは一言もことばを発しようとせず、ただ、上から下まで穴のあくほどグインを見つめていた。グインもまた、何も口を開こうとしなかった。

ある種、意地の張り合いともみえる沈黙を、最初に破ったのは、だが、やはりイシュトヴァーンのほうだった。彼の声は、奇妙なくらいしわがれて艶もなく、熱っぽさもこもっていなかった。激情といえるほどのものは何ひとつこもらぬ無感動な声で、彼は口をひらいた。

「ケイロニア王グイン。お前はゴーラ王イシュトヴァーンの捕虜となった。ゴーラ軍はこれより予定を変更し、ルードの森を抜け次第ただちに進路を西にとり、トーラスに戻ることなくゴーラの首都イシュタールに向かう。お前の身柄は最終的にイシュタールの地下牢に幽閉されることとなる。ゴーラとケイロニアの折衝しだいで、釈放されることもありえようが、もしも折衝にいたらなかった場合には、お前の身柄は終生俺の虜囚として地下牢に幽閉されるか、あるいは」

イシュトヴァーンは恐しいほどに凍り付いた冷たい黒い瞳で、グインを見つめた。その目には、いちるの人らしささえも残っていないようだった。

「俺の気持しだいでは地下牢内で処刑される。――イシュタールに無事到着し、お前を地下牢に収容しだい、俺はゴーラを代表してケイロニアとの交渉に入る。お前はそれまではともかく生かしておいてやる。だがそれまでにもしもお前がもう一度脱走をたくらんだり、あるいは俺の意に逆らったときには、ただちに――」

イシュトヴァーンはちょっと肩をすくめた。

「モンゴール反乱軍の頭目、ハラスはただちに殺す。その前に、見せしめとして、ハラスの手足を一本づつ切り落とすことになる。ハラスがどのような死に方をするかどうかも、すべてはお前の動きひとつだ。そのつもりで、今度は心して動くことだ。きゃつを殺したくないと思うのならばな」

「……………」

グインは、トパーズ色の目をイシュトヴァーンの黒い冷たい瞳に向けたきり、何も云わなかった。

イシュトヴァーンはひそかに苛立ったようなまばたきをしたが、そのおもてはけわしく無表情なままだった。

「ケイロニアに対しては、なにゆえに外国の内政不干渉主義をつらぬくケイロニアの現在の王がゴーラに対するモンゴールの反乱に味方したのか、それがケイロニア皇帝アキレウス・ケイロニウスの意向によるものか、それともこれはアキレウスの女婿ケイロニア王グインの独断と暴走によるものか、それを明らかにしてもらう。そして、もしもこれがお前の独断による行動であれば、ゴーラは正式にケイロニアに、今回の敵対行動の責任をとってもらうべくグイン王をゴーラの囚人として幽閉することを宣告する。もしもこれがケイロニア皇帝の命令による行動であると明らかになれば、話は別だ。――そのときには、ゴーラはケイロニアに対して宣戦布告し、ただちに戦闘状態に入る。――たとえ、ケイロニアが世界一の強国であろうが、軍事大国であろうが――」

イシュトヴァーンの冷えきったおもての下に、かすかな青白い炎のようなものが動いた。

「そんなことは承知の上だ。ゴーラが世界一の強国として生き延びてゆくには、どうしてもいずれ経なくてはならぬ試練だったのだ。俺はその場合には、ケイロニアと戦う。――むろん、そのときには人質として、きさまのいのちも、価値のあるかぎりは使わせてもらう、武器としてな。――だが、もしもケイロニアが、もうきさまにそういう価値を認めぬ、として、きさまを救出するための妥協をする意志のないことを明確にしたとしたら――」

イシュトヴァーンの唇が、かすかに青ざめたまま吊り上がった。彼は、異様な歓喜をさえひそめた目で、じっとグインを見つめた。

「そのときには――ケイロニアがきさまを見捨てた、そのときには……きさまは、俺のものだ、グイン」

「……………」

「きさまはもう、俺がどのように処分しようとかまわぬ、とケイロニアが認めたことになる。――そのとき、俺がきさまにどのような復讐を考えるか――」

イシュトヴァーンはまた、こんどはさらにはっきりと唇をゆがめて、ぞっとするような微笑をうかべた。かつての彼がどれほど皮肉っぽい微笑をもっていたとしても、ついぞしたこともないくらい、無感動で、そして奇妙な非人間的な微笑であった。

「それを、自らで確かめるのを楽しみにしておくことだ。いずれにせよ、もう決してきさまは逃さぬ。もうトーラスになど用はない。我々はこのままイシュタールに戻る。そして無事にお前をもっとも深い地下牢の底の底に幽閉するのだ。聞いているのか、グイン」

グインは答えなかった。

イシュトヴァーンのおもてに、ようやくかすかな苛立ちのかげりがのぼってきた。奇妙なことに、それは、さいぜんのぶきみな青白い陰惨な歓喜よりも、はるかに人間らしくさえかれを見せたほどであった。

「返事をしろ。——いのち乞いをする気があるのなら、してみせろ。いまならまだ、俺が心を動かす余地があるかもしれんぞ」

「………」

グインはイシュトヴァーンを見つめたまま、答えない。

イシュトヴァーンはゆっくりと立ち上がった。

「そうだな。——ハラスなど、おのれにとっては何の値打ちもない、ハラスなど殺してもかまわぬから、おのれをケイロニアが見捨てたり、終生イシュタールの地下牢に幽閉されるような恐しい運命から、おのれを救ってくれと俺に土下座して頼んでみろ。おのれのかわりにハラスを殺してくれ、と頼んでみろ。——そうすれば、そうしてやらんものでもないな。……いや、だが、むろん、お前はそんなことはしないんだろう。ケイロンの英雄、豹頭王グイン陛下」

イシュトヴァーンの口もとが、また陰惨にひきゆがんだ。

「お前はいつだって中原の——いや、この世界の英雄そのものだった。腹が立つほどに、きさまはいつだってあまりにも立派で、英雄的で、隙ひとつなくて——お偉い軍神みたいな模範的な英雄だったさ。だから、俺は、決めたんだ」

「……」

「ハラスなんかは、きさまにとっては何ということもねえんだろう。まさしく、きさまのいったとおりにな。たぶん、このモンゴール反乱に手をかすという計画のためにだけ知り合い、たまたまそいつが反乱軍の指揮者だったという以外には何のかかわりもねえ若造なんだろう。それでもだが、きさまは、おのれひとりが逃げるかわりに、ハラスも一緒に逃がしてやり、しかも、ハラスだけを連れて逃げたら他の連中がひどい目にあわされるだろうと、ハラスの部下どもも逃がしてやるほどに慈悲深い——というのかな、ふところの深いやりかたをする。そういうやつだ、きさまは。……だが、きさまがそんなに立派でお偉くて大したものであればあるほど、俺は——」

イシュトヴァーンはいきなり、テーブルの上にのせてあった杯をすくいとって、思い切り地面に叩きつけた。

金属の杯は割れはしなかったが、下の石にあたって思い切り派手な音をたてた。あわてて、小姓が天幕のなかに飛び込んでくる。だが、イシュトヴァーンがぎろりとにらんで、首を横にふると、あわててふっとんでまた引っ込んでいった。

「きさまがいつでも俺を追いつめるんだ」

ゆっくりと、イシュトヴァーンは云った。

「きさまが立派であればあるほど、正義の味方であればあるほど――俺はどんどん、追いつめられてゆき、どうしようもなくなり――そうして結局、俺はきさまを前にしていつまでもあがいているばかりだった。だが、もうそんなつまらねえことはしねえ。俺はばかだったんだ。俺が、腹が据わってなかった、俺が、胆っ玉が女子供みてえに小さかった馬鹿だった、それだけなんだ」

「……………」

「もっとずっと早くにこうしてりゃよかったんだ」

イシュトヴァーンはまた唇をゆがめた。

「俺はなんて馬鹿だったんだろう。――というか、俺はなんて甘ちゃんだったんだろうよ。それを思うと、俺は大声で笑い出したくなる。おのれの馬鹿さ加減、甘さ加減を思い切りあざけってやりたくなる。……お前もまだまだ、甘えな、ヴァラキアのイシュトヴァーンよ、ってな」

「………」

「相変わらずお前はだんまりだな。いいさ、ずっとそうしてるがいい。もう、だいたいお前の手口は俺にはわかっちまったんだ。お前はいつだって、そうやってだんまりで——そうしてれば、相手が苛々して、自分のほうからなんだかんだ、かんぐったりかまったり、きさまのまわりをぐるぐるまわる、そうやってきさまはそうさせておいててめえの一番都合のいい状況にきたときに、それに飛び乗る。それだけなんだ。そいつに気がつきもせずにお前にふりまわされていたなんて、俺はほんとになんて馬鹿だったんだろう」

「………」

「そして、本当に追いつめてやれば、そうやってきさまは本音を吐く——というか、本性をあらわす。さっきからのそのきさまの妙に泰然とした、落ち着き払ったふてぶてしいようすがすべてを物語ってる。きさまは、最初から、俺のことなんか、かけらだって友達だと思ってなんかいやしなかったんだ。最初からきさまはただひたすら、俺を利用し——利用して必要とあればいつでも放り出し、また必要なときにひろいあげて道具みたいに便利に使う、そのためだけに俺との糸を切らねえでつないでやがったんだ。そうだろうが。ええ」

「………」

「まるで牛みてえに強情に黙りこくってやがるな、今度は」

しだいに――

奇妙なことに、グインにむかって、答えの返ってこないことばを叩きつけているうちに、少しづつ、少しづつ、イシュトヴァーンの頬には血の気がさしてきつつあった。

あれほど青ざめて、紙のように白くこわばり、非人間的なほどに冷たかったイシュトヴァーンのおもてが、少しづつほどけ、その死んだ魚のように凍っていた黒いひとみにさえ、わずかばかりの光が戻ってきて、少しづつその光が増してゆく。まるで、おのれのことばとグインの徹底的な無反応とが、かえって、イシュトヴァーンの中に、少しづつかつての彼をよみがえらせてゆくかのようだった。怒り――たぎるような怒りだけが、いまのかれを、かつてのかれにつなぎとめているのであり、そのきずなが、グインの沈黙によって逆にかえってかきたてられてゆくかのようだった。だが、明らかに、最初にグインが天幕に入ってきたときの、氷で作られたかのようにこわばり、機械人形のようだったイシュトヴァーンのおもては、さっきまでは死に絶えたかと思われていた感情を取り戻しつつあるようにさえ見えた。

「だが、そうだ、俺はもう忘れねえ。これがお前の《手》なんだってことをな。きさまはそうやって、俺が自分から、きさまの手にのるようにしむけ、ただいつだって待っていやがったんだ。底知れねえ忍耐力でな！」

「………」

「だから、俺だってやり方をかえてやることにしたのさ」

一瞬、またしても別の人間に顔を乗っ取られでもしたかのように、イシュトヴァーンはニヤリと笑った。傷ついたその顔は、そのようにひきゆがむと、おそろしく凄惨に見えた。

「もう、きさまにひきまわされはしねえ。こんどはきさまをひきまわすのはこの俺だ。俺の番だ。——俺はケイロニアを叩きつぶしてやる。ケイロニアを落としてやる——たとえケイロニアが世界最強だろうが、どれだけの長い長い時間がかかろうが、知ったことじゃねえ。ゴーラのありったけの国力を投入し、ありったけの兵力を使い——玉砕しようが、それはそれで俺にとっちゃ、ひとつの道だからな。でもって、俺はサイロンを落とす。——サイロンを、黒曜宮を陥落させ、そして、お前にとっての大切な人間全部——きさまが本当に大切だと思っている人間全部をとらえ、とりこにし、きさまの前に引きずり出してやる。きさまをたいそう可愛がって実の息子のように思っているという——そうだろうさ、おのれの娘を与えたり、ケイロニア王などという、これまでなかった称号を作ったりしてまで、きさまを本当のおのれの息子にしたがったんだからな——その、ケイロニア皇帝アキレウス・ケイロニウスも、きさまがまあ、どこまで本当に愛してるのか知れたもんじゃねえがきさまの女房のシルヴィア皇女も、ほかの誰かれ、よくは知らねえがきさまが大事だと思ってる重臣だの皇族だの、皇帝家の他のやつ——確か皇女がもうひとりいたんだったよな。そのへんも全部きさまの前に引き出してやる。ハラスなんぞとは比べ物にならねえ、きさまにとっては本当に大切なんだろうというやつばかりを選んで、縛り上げて並べてやる。——そして……」

イシュトヴァーンはぞっとするような微笑を浮かべた。死神のような——とでも、誰かが見ていたらいったかもしれぬ。

「そして、そのときこそ——俺は、きさまが口を開くのを楽しみに見ていてやるのさ。きさまに、そいつらのいのちごいをさせてやりてえんだ。きさまが、なんとかして、自分のその大切なものを、自分自身は鎖で縛り上げられて動くすべもねえ、いかなきさまといえどもどうしようもねえ、という状態にしておいて——それで、きさまほどの戦士でも、どうにも暴れることも、壁につけられた鎖を切ることもできねえ、というようなありさまにしてやってから、その前で、まずきさまにとっての大事さが少ないやつから、ひとりひとり、処刑してやる——それも簡単にじゃねえ、血に飢えたゴーラの悪魔イシュトヴァーン王の名がまたまた歴史に残るくらい残酷に、拷問して殺してやるのさ。そして、ひとりづつ、きさまにとって一番大事な人間に近づいてゆく——そのたびに、きさまに、俺にいのちごいをすれば、こいつだけは助けてやらんものでもない、といってやるのさ。さあ、口を開いてみろ——それでもきさまは、目の前でこの、きさまが心から大切だと思っているはずの主君や女房や親友や、なんだか知らねえがそういうものが次々と殺されていっても、なおかつ平然と黙って見ていられるようなやつか。だとしたらきさまこそ、人間じゃねえ――きさまこそ、ただの化物だ。どこか、豹頭人身の人間がたくさん生きてる、人間の知らねえ世界からたまたまやってきて、ひとのことばを喋るだけの、まったく人間とは違うただの化物だ」

「……」

「もしきさまが本当に人間だというのだったら、いかにきさまが押し強く黙ってるとしても――おのれのそのだんまりのせいで、おのれの義理の父親にして主君だの、おのれのかりそめにも女房だの、そういうやつらが次々と拷問され、なぶり殺しになってゆくのを、それでも見ていられるわけはねえ。もしできるなら――それでもなんともねえんだったら、それこそ、もう、俺の負けだ。いさぎよく、きさまは俺には歯のたたねえまったく別の世界の化物だったんだ、と認めて、きさまをその世界に送り出すことになるんだか何かわからねえが、あっさりその豹頭を俺の剣で切り落としてやるよ。――だが、もし、きさまが、自分は人間だとあくまでも言い張るんだったら……」

イシュトヴァーンはぺろりと舌で唇をなめた。

「そのときこそ、その証拠を俺の前で見せてもらおうじゃねえか。――人間ってのはな、豹男、人間としてふるまうからこそ人間なんだ。豹頭であろうとなかろうとだ。――大義のためだろうがなんだろうが、あまりにも人としてどうかっていうふるまいをするんだったら、そいつは、たとえ豹頭じゃなくたって、人間とはいえねえ。そうだろう、そうじゃねえのか?」

「……………」

「なんとかいえよ」

イシュトヴァーンはひどく静かにいった。

「何か云え。——きさまはいま、俺の虜だ。ということはきさまはいま、俺の奴隷なんだ。俺がきさまの主人なんだぞ、この野郎。——俺はいま、きさまを生かすも殺すも俺の思いのままなんだ。そのくらい、俺がいま、きさまの運命を握ってる。その御主人様が命令してるんだ。——何か云え。云ってみろ」

グインは黙っていた。

イシュトヴァーンはじっとグインを見つめた。その目のなかに、かすかに赤いものがゆらめいた。

と思うと、彼はやにわに、テーブルにたてかけてあった乗馬鞭をすくいとった。そして、ピシリとグインの腕にむかって打ち下ろした。

2

グインは、なおも、声ひとつ立てなかった。イシュトヴァーンの目が赤く燃え上がった。彼はさらに鞭をとりなおし、たてつづけにグインの頭、肩、腕、胸と鞭を打ち下ろした。グインは歯を食いしばってその打撃に耐えたが、さすがに天幕のなかのただごとならぬ物音をきいて、天幕の垂れ幕をあげて小姓たちがおそるおそるのぞきこんだ。かれらはこのようすをみて叫び声をあげた――それを突き飛ばすようにして副官のマルコが数人の部下もろとも飛び込んできた。

「陛下！」

マルコが悲鳴のような声をあげる。

「何をなさっておいでですか！」

「うるせえ」

イシュトヴァーンは歯をむいてうなるように叫び返した。そしてまた鞭をふりあげる。マルコが必死にその腕にすがりついて止めようとするのをはらいのけた。

「陛下ッ！」

「どけ、マルコ。——こいつは俺の奴隷だ。奴隷の性根が曲がってるから叩き直してやるのは主人の仕事だろう。それ以外の何でもありゃしねえ、すっこんでろ」

「陛下ッ！　このかたは、ケイロニアの——ッ！」

「そんなこたあわかってらあ」

イシュトヴァーンは食いしばった歯のあいだから押し出すようにつぶやいた。

「どけ、でねえとてめえも間違ってぶん殴っちまうかもしれねえぞ。——その手をはなせ。はなせってのが、わからねえか」

「いけません、陛下！」

マルコは必死だった。小姓たちと騎士たちは天幕の入口にとりついたまま、あえて中に飛び込むこともしかねておろおろと見守っている。イシュトヴァーンがこのようになったときには、マルコくらいしか、あえてイシュトヴァーンに近づける勇気のあるものはいなかったのだ。

グインは黙って目をとじたまま立っていた。その皮の剣帯と皮マントのほかには何もつけていない上体は皮膚が裂け、みみずばれが走り、血が流れていたが、グインはなにほど気にしたようすもなかった。むしろ、そのいたみが何かもっとたえがたい心の苦しみをまぎらしてくれる、とでもいうかのように、グインは身動きひとつせずにそこに立っていた。

「この野郎――どこまでも強情我慢のつらがまえをしやがって！」

イシュトヴァーンが唸った。そして、もう一度鞭をふりあげる。マルコは必死にその手にすがりついて押しとどめようとしたが、ふりとばされた。イシュトヴァーンの力のほうがはるかに強かったのだ。そのまま、イシュトヴァーンは鞭を打ち下ろしたが、それにもグインが、打撃があたった瞬間のみぐらりとよろめいても、ただちに微動だにしないもとのすがたに戻ることに猛烈に苛立ったように、いきなり足をあげて、グインの腹を蹴った。グインはあえてよけなかった――が、衝撃を受ける瞬間にぐっと恐しく発達した腹筋にありたけの力をこめたので、それほどのいたでは受けなかった。普通の戦士でない男であったら、のたうちまわっていただろうし、かなり鍛えた戦士でも身をふたつに折って吐いていただろう。だがグインはその打撃を腹筋ではねかえしたのだ。

「すげえもんだな」

さしものイシュトヴァーンも思わず賛嘆の声をもらした。

「まるで、丸太ん棒でも蹴り飛ばしたみてえな気がしたぜ。なんて、固えんだ……これがもし、素手の拳でぶん殴ったら、こっちの指が折れちまいそうなくらい、鍛えてありやがる」

「陛下！　お願いです、まだ、他の兵士たちの意気の問題もございますし……せめて、ルードの森を出るまでのあいだは、まだ――このようなことは……」

「いちいち、うるせえな。ガミガミばばあみてえに」

イシュトヴァーンが、白く光る冷たい目でマルコを見た。

「なんだ。俺がこいつに関する限り正気を失ってるとでもいいてえのか。おおきにそうかもしれねえが、だからどうした。俺はこいつにはちょっとばかし、云ってやりてえことがあるんだ。いや、ちょっとじゃねえ、たんとな」

「でも、ございましょうが、しかしここはまだ行軍の途中で……せめて夜営の折りまでお待ち下さって……グイン陛下がもし、御自分の意志で動けぬようなことにおなりになりますと……あのハラスを車で運ぶようなわけには参りませんし、馬車などもあるわけではございませんし……」

「うるせえな。わかったよ」

イシュトヴァーンはむっとしたように乗馬鞭を地面に叩きつけた。

「きさまはいいやつだが、マルコ、ときどきまるで説教ばばあみたいにガミガミいいやがるな。俺がこいつを打ち殺そうとしたってわけじゃなし、こいつは見てのとおり、この程度ぶん殴ったくらいじゃ、びくともしねえくらい、石像みてえに頑丈なんだ。そんなに気にするこたあねえんだよ、大体が」

グインは、ゆっくりと目を開いて、イシュトヴァーンを見た。

ふしぎな凝視だった。無表情ではあったが冷たくはなく、悲哀をかすかに湛えてはいたが、怒りはなかった。そのトパーズ色の目は、ありたけのふしぎな慚愧の思いを込めたように、イシュトヴァーンをというよりも、その彼をつらぬいてその彼方に運命そのものを見据えているかのように見えた。

　イシュトヴァーンは一瞬、ひるんだようにグインを見た。そして、負けるものかというように目に力をこめてにらみかえした。

　その凝視から、先にふっと視線をはずしたのは、グインのほうであった。その目のなかに、奇妙な、いうに云われぬ悲哀の色があらわれ、そして、かれは低く口をひらいた。

はっとイシュトヴァーンが身をふるわせた。

「俺を打擲して、気が済むのであったら、いくらでもそうするがいい。ヴァラキアのイシュトヴァーン」

　その口からもれたのは、だが、意外なことばであった。イシュトヴァーンが思わずまた小さく身をふるわせる。

「何だと。この野郎」

「俺はもはや、逃亡するつもりはない。縄で縛することも必要ない。——俺の判断の間違いで、あのような酷い事態を招いてしまった。——ハラスにも、その仲間たちにも、どうわびようとてももうない。……つぐなってやることももう出来ぬ。俺のよかれと思ってしたことが、かえってあのような惨事を招いてしまった。打つがいい、イシュトヴァーン。お前に打たれてつぐないになるものならば――あるいはお前に殺されてかれらにつぐなえるものなら、俺はむしろそのほうがいい。殺したければ、殺せ。打ちたければ、打て。俺はいっこうにかまわぬ」

「こりゃ驚いた」

イシュトヴァーンは低くかすれた口笛を吹いた。

「まったくその豹頭じゃあ、つらが変わらねえから、わからずにいたが――それじゃあ、お前は、自分が脱走したせいでハラスたちがああなったと、後悔して自分を責めている、というんだな？　だからこれまで俺が何を云おうと、口も聞かなかったとでもいうのか？　そうなのか、グイン？」

「…………」

グインはイシュトヴァーンを見つめた。そしてかすかにうなづいた。

「へええ……」

イシュトヴァーンは、一瞬、どう受け取っていいかわからぬ、というように、目を細めた。そして、なおもしげしげとグインを見つめた。

「また、あんたがなんか姑息なことを思いついて騙そうとしてる、っていうんでなければ――ってことだが……」

けわしく眉をよせ、どう考えていいか、自分でも決めかねるふうに首をふる。

「あんたでも、そんなふうに後悔したり、そんなになることはある、ってわけなのか。……まるで、そうだな、まるで人間みたいにな！　が、あいつらはあんたとはもともと縁もゆかりもねえ、ただ偶然あそこでゆきあって、殺されかけてるのが気の毒だから助けただけのやつらなんだ、ってあんた、何回も力説してたよな？　だとしたら、そんな、あんたが気の毒がったりすまながったりするようなきずなも、あいつらとのあいだには、ないんじゃねえのか？　そうじゃねえか？」

「絆などないからこそ――偶然にゆきあった者だからこそ、助けようとも思ったし、また、置き去りにして逃げて、お前の怒りの持って行き場になるのは気の毒だ、と思いもしたのだ。イシュトヴァーン」

　グインは悲しそうに云った。

「信じてもらえぬなら、無理に信じてくれということは出来ぬが――俺はむしろ、かれらに縁やゆかりがあったのだったら、こんなにも慚愧にかられはせぬ。俺の民であったり、俺とゆかりのものたちであったのなら、このようなふがいない王を持ってしまったお前たちの不運であった、すまぬ、と手をあわせることもできれば、俺がなんとか、そののちにのこされたものたちにつぐないを考えることもできよう。だが、かれらは本当に何の縁もないゆきずりのものたちだった。だからこそ、俺が余計なことをしなければ

「——あのとき、俺が出ていったりしなければよかったのだと、胸が痛んでならぬのだ」

「だが、どちらにせよ、きゃつらは最初にあのケス河畔でとっつかまるか、殺されるか——それに、あんたがあいつらを置いて一人で逃げたって、所詮トーラスに連れてゆかれて尋問され、処刑されるだけのことで、きゃつらには、どっちみち生きのびる道なんざ、万にひとつもありやしなかったんだ」

イシュトヴァーンは光る目でグインを見据えながら云った。

「どうころんだって、そもそもこの俺にさからい、反逆の兵をおこしたそのときから、きゃつらはいずれああいう末路をたどることに決まっていたのさ。むしろ、それを自分で選んだんだ、としかいいようがねえ。——だから、べつだん、あんたが責任を感じたり、胸が痛んだりすることあねえんじゃねえのか。あんたはこれまでだって、たくさんのやつらを見殺しにしたり自分の剣で殺したりしてきたんだ。そりゃもちろん俺もだが——俺もあんたも、これまでにいやというほど、たくさんの死体を作ったり、そのかたわらをかけぬけたりしてきたんだ。いまさら、そんな、あれっぱかりの連中のことで、そんなふうに悲しそうな顔なんかするから、俺は、どうしても、きゃつらに対してはあんたが特別のなんかの思い入れがあるんだろうと疑うことになるんだ」

「そうではない。何も特別の思い入れがなかったからこそ、申し訳ないと思わずにいられぬのだ」

グインはつぶやいた。

「確かにお前のいうとおり、俺はこれまでにたくさんの人間を殺し、たくさんの戦いを経てきたのかもしれないが――それは俺にしてみれば、それぞれにそのときどきの確信や信ずるところ、こうせねばならぬとの思いがあってしたことだったには何の違いもない。だが、かれらに対しては――そうだな。だが、たぶんお前の云うとおりなのだろう、イシュトヴァーン。ただ、俺は、おのれが判断の間違いをおかしたことで、おのれを責めているのだ。何の縁もきずなもなく、これまでまったく知りもしなかった者達であればこそな。――俺が出てこなければ、お前にせよ、俺がかかわっているかもしれぬ、という疑惑をまではかれらにかけることはなかっただろう。確かにどのみち、反乱軍としてお前にそむいた、という怒りは向けられたかもしれぬが、女子供までは殺すことはしなかったのではないか――そうではないか？」

「さあ、そいつはどうかな」

冷ややかにイシュトヴァーンは言い捨てた。

「そう思うことであんたが気が楽になるんだったら、そう思わせてやりたいがね。どっちにしたって、あいつらは――俺が手を下さなかったにしたって、ルードの森でグールに食われるか、それともケス河で溺れるか、ケス河の向こうでセムどもに食われるか――どちらにせよ、生きのびる見込みなんかまるきりなかったさ。そもそも、きゃつらは兵士でもなんでもなかった。トーラスでいのちがあやうくなって、なんとかして北東へ、北東へと逃れていっただけだったんだ、なんとしてでも生き延びようとしてな。俺にいわせりゃ、そんなにいのちが惜しかったんだったら、最初から、俺にさからわなけりゃあ、よかったじゃねえか？　それもしかも、あんな烏合の衆を反乱軍だなんぞと名乗ってだよ？　そこがそもそも、きゃつらの甘いところ、甘すぎるところだったんだ――だが、きゃつらのことなんか、もうどうでもいいや」

ふいに、イシュトヴァーンは鞭をつかんだまま、グインに近づき、縛られたまま立っているグインの真ん前にぐいと顔をつきだした。マルコが心配そうに腰を浮かせるのを、手で制する。

「なあ、そうだろう？　きゃつらのことなんかどうだっていい。俺は殺人王だの、血まみれのイシュトヴァーンだの――災いを呼ぶ男、ってのもあったな。ゴーラの殺人王、殺人狂の狂王、ゴーラの僭王――とにかく、ありったけの悪名で呼ばれてる。また、事実それだけのことをしてやったさ。この手にもこの剣にもたんと血を吸わせてやったんだ。だが、あんたと違うのは――俺は、それを後悔したことなんかねえ。俺は一度だって、そんなものを後悔したことはねえ。たとえ、夜通し、俺が殺したやつらの亡霊にうなされたり悩まされたりするにしたってだ。きゃつらに出来るのは所詮、殺された無念を背負って化けて出て、夜中にぐちぐち恨みごとをいうくらいのことなんだ」

イシュトヴァーンは目をぎらぎら光らせながらグインを見つめた。

「なあ、グイン——俺はあんたのことを誤解してたのかな。もっとずっと、あんたは肚の据わったやつで——なにごとにも、心を動かさねえやつだとばかり思ってたぜ。そんなふうに、ひよわなガキみてえに内心じゃピーピーいってたり、おのれのしたことのせいでこいつらが死んだのかと後悔したり、おのれが間違ってたのかとくよくよしたり……つまりは、普通の人間みたいに思うことがあるんだとは、ちっとも夢さら思ってなかった。あんたはいつだって、誰よりも確かに、誰よりも肝が据わって見えていた——だからこそ、俺は、あんたが人間じゃねえんじゃねえのかと思うくらい、あんたに腹を立ててばかりいたんだ。……なあ、あんたほどのやつが、なんだってあんなどうでもいいザコ共を気にかけるんだ？　あんなやつらのとっかえはなんぼだっているんだぜ。——あいつらは所詮ザコなんだ。ハラスの餓鬼だってザコの親玉にすぎねえ。そんなやつになんだって、あんたがそう哀れをかけるのかと、俺は心外でならなかったが——そうか。結局のところ、きゃつらがザコだから、あんたは気の毒だと思うわけなんだな。そうなんだろう」

「——俺にはわからん」

グインは痛切に答えた。

「ただ、俺は、俺の間違いのせいで、かれらがあのような死に方をすることになった、ということしかわからぬ」

「気にするなよ」

イシュトヴァーンは瞬間、歯をむいて笑った。傷がついてひきつれた頬に、異様な表情が生まれた。

「そんなもの、気にするこたあねえ。もしも気になってたまらねえというのなら、いくらでも俺のせいにしたらいいじゃねえか。じっさいにあいつらを皆殺しにしろと号令をかけたのも俺なら、きゃつらを追いかけてきて殺すつもりだったのも俺だ。ゴーラの殺人王、イシュトヴァーンさまだ。そもそもきゃつらがああしてモンゴール反乱軍などと健気らしく名乗ることになったのだって、俺がアムネリスの死の原因になった、ひいては俺がモンゴールを征服した、とうらんでるからなんだろう。俺は——俺は恨みなんか怖くねえ。怨霊も怨念も、無念も何もそんなものは俺にはよりつけねえ。——強くなくちゃ、生きてゆけねえぜ、グイン。そんな、怨霊にも、情けにも、負けるようじゃあ、これまで俺は生きちゃこられなかった。何回でも、俺はくたばっていただろうさ、あんたのようにそんなふうに感傷的になったりしてたらな」

「……………」

「だから、グイン」

イシュトヴァーンはなおも目をぎらつかせながらささやくようにいった。そして、手をのばして、グインの分厚い肩をつかんだ。

「怨霊が怖い、きゃつらの恨みがかかるのが恐しいというのなら、いくらでもこの俺、ゴーラのイシュトヴァーンのせいにするがいい。そして、地下牢のなかで、出てきてうらみごとをいうやつがいたら、イシュトヴァーンを怨めと云ってくれたって、俺はちっともかまわねえぜ。もう、そんなやつはあのアリのくそ野郎をはじめ、いやというほどいるんだからな！　いまさら百や二百、俺にとりついた怨霊が増えたところで、何だっていうんだ。俺はちょっともかまいやしねえだろうよ。本当だぜ！　いまだに、あのアリの野郎が、死んでからまで俺に執念をもやして、夜な夜なあらわれちゃあ、俺の寝床に這い寄りたそうにしてるんだ、って知ってるか、グイン？　むろん、知ってるわけなんかねえよな！　だが、そうなんだ。マルス伯のあの青い目だってそうだ。あの目が夜な夜な、俺を見つめてるんだ。目をとじさえすりゃあ、俺を見てる――あいつも、あいつも、あいつも――もう名前さえ忘れてしまったようなやつらが、みんな……」

イシュトヴァーンは異様な目になりながら、鞭を投げ捨て、グインの両腕をつかんだ。

「わかるか、グイン？　俺はずっとそうやって生きてきたんだぜ！　他のどんなやつらにだってわかりゃしねえ。だがあんたにならー―もしかしたら、これからのあんたにならわかるかもしれねえさ。怨霊どもに四六時中、とりつかれながら生きてゆく、だけどそれがどうした、怨霊になんか勝手に吠え猛らせておけ、って思いながら生きてゆく、俺はってことがさ！　だったら――あんたが、それをわかってくれるようになったら、深いさぞかし嬉しいかもしれねえぜ。たったひとりずーっととじこめられてた暗黒な、どう深い闇夜のなかに、ようやっと一緒にいてくれる仲間が出来た、って思ってさ！　にしてだ、おかしいじゃねえか、グイン。もしかしたら、それが俺があんたをいけどりにイシュタールに連れてって、地下牢に幽閉して飼っておこうと思った本当の本当の理由なのかもしれないぜ。だったらどうする？　俺は地獄への道連れが欲しいだけなのかもしれねえ。どうせ、ドールの黄泉の地獄なんか怖くもねえ――死んじまったらそれっきり、人間死ぬのは一回限りさ。そうじゃねえか？　だが――それまでの夜な夜な、語り合う相手くらいいたって悪くねえ。そいつは、だけど、死人だの怨霊どもだけじゃあ、なんだかなあだ！　俺だって、それよりはもうちょっとだけマシな話し相手がいてもいい、と思ったっていいじゃねえか？　そのくらいは、許されたっていいよな。だってあんただって、いまや同じほど、俺と同じほど血にまみれているんだからな！　少なくともあんたにとっちゃあ、あんたのせいで流れたあのモンゴールのばかどもの血は、俺がこれまでてめえが生きのびるために流した山のような血と同じくらいの重さがあった、ってことなんだろ。ええ。そうなんだろ？」

「イシュトヴァーン――」

グインは、深い――腹のなかからふりしぼるような、絞り出す吐息をもらした。

「なんだよ。そんな溜息なんかついて」

「俺は……」

グインは考えた。それから、ふと妙な顔をした。

「なんだよ。あんたいま、とても変な顔をしたぜ」

「俺は……」

ふいに、グインは目をとじた。

その口が、勝手になにものかが動かしてでもいるかのように動いた。

「俺は無垢でもなければ……無罪でもない。……むしろ俺こそがそもそものはじめより、たくさんの死者たちにつきまとわれ——その怨霊たちの思いや念をむけられて、それをどうしてやりようもないことに、つねに慚愧の念をもってきた。お前は知っているか、ヴァラキアのイシュトヴァーン——俺はノスフェラスの砂漠で、かつて栄華をきわめた帝都であったカナンの亡霊とゆきあった。一夜にしてほろびたカナンで、行き場を失った無数の怨念は、行き場をさがして、俺にそれを求めてきた——だが俺にはどうしてやりようもない。どうするすべもない。俺はただ、俺としてあるだけの入れ物にしかすぎないのだからな。そして、かれらはそれを納得して去っていったが——その怨念は《グル・ヌー》なきいまとなっても、いまだにノスフェラスにさまよっている——ノスフェラスは、決して本当にはふたたび繁栄を取り戻す地にはならぬだろう。そこはあまりにも、かつてのうらみ、生き延びたかったものたちの怨念のかりそめのやどりの場となりすぎている。もはやノスフェラスは以前のようではない――《グル・ヌー》に巣くっていた伝説は天空の彼方に消えた。星船はアモンの棺桶となりはてて、はるかな宇宙へと飛び立っていった。だが、だからといって、カナンの怨念は消滅せぬ……」

「あんたは、何を云ってるんだ、グイン？」

妙な顔をして、イシュトヴァーンは聞いた。

「お前には、こいつのいってることが少しでもわかるか、マルコ？」

「い、いえ……」

驚いて、マルコが首をふる。

「陛下のおわかりにならぬことが、なんで……私などに――」

「シッ！」

「カナンは永久にカナンのままだろう。そこには決してもう二度と、まことのひとの子たちの暮らしは訪れぬだろう。――同時にまた、ケス河のほとりにも、スタフォロスの城址にも――人々の怨念、というものをあまりにも甘く見てはならぬ。それは、もともとるにたらぬものたちであったゆえにこそ、死していよいよ怨念として継続してゆく。――かれらは、消滅することがない。だからこそ、この世には、神々というものが必要なのだ……」

「こいつ、どうかしてしまったのかな」

イシュトヴァーンは首をかしげながらつぶやいた。

「まあいい。――なんか、気分がそがれた。もっと、きびしくびしびし痛めつけてやるつもりだったんだが、お前も止めるし――それにそろそろまた行軍再開せんとな。まあいい。おい、こいつをまた馬にのせろ。逃がさぬようしっかりと縛るんだ。行軍再開だ――今日じゅうになんとか、ルードの森のなるべくへりに近いところまでいっておきたいからな。明後日にはトーラスを迂回してイシュタールへの道に入りたいんだから」

「は」

マルコが急いで出てゆく。グインは、もう何も云おうとせず、目をとじたまま、いくぶんからだをぐらぐらさせながら立っていた。

「おい。グイン」

イシュトヴァーンがきびしく声をかける。グインははっと目をさました人のように目を見開いた。

「どうしたんだ。お前――なんだか、様子が変だぞ」

イシュトヴァーンが眉をしかめながら云った。グインは夢からさめたようにあたりを見回した。

「俺は――俺はいま、何を云った……？」

「さあ、俺みたいな無教養なやつにはまったくわけのわからんごたくとしか、思えねえようなことをだ」

イシュトヴァーンは肩をすくめた。

「あんた、本当にどっかおかしいんじゃねえのか。なんだか、そんな気がしてきた。なんとなく、どことなく、いつものあんたと違う。いうことなすことも、やることもな。まさにあんたに違いねえんだが、だが、あんたがあんなに罪悪感にかられるなんて思いもしなかったし――それに――うまくいえねえが、なんだかどこかしら……」

イシュトヴァーンは首をかしげた。が、それでもう、考えるのはやめにして、その首をふった。

「まあいい。きっと、まああんたでも疲れてちょっと調子が狂うなんてことはねえわけじゃねえんだろう。それもなんだか、信じられねえ感じもするがな。まあ、いいや――これから、ずっともう先は長いんだ。さっきの拷問の続きでも思い出話の続きでも、したくなったら、イシュタールの地下牢の中ですればいいんだものな。これからは。俺は」

3

ゴーラ軍はそのまままた行軍を再開した。ふたたび、重苦しい沈黙にみちたルードの森の行軍がはじまる。グインはまた縛られたまま馬上の人となり、馬だけが、あらたな替え馬に取り替えられた。グインはまたひとことも発さなくなっていた。おのれが、イシュトヴァーン相手に発したことばを思い出そうとするかのように、馬上でむしろ、グインは最前よりももっと物思いに沈んで、周囲に目をやることもないように見えた。

短い休憩のあいだに、グインの胸にも肩にもむざんな傷あとが増えていたが、それについて何も言及するものなど、いまのゴーラ軍にはあろうはずもなかった。イシュトヴァーン王の機嫌のよしあし、怒りの発作の行方こそは、ゴーラ軍の精鋭たちが敵よりもルードの森の死霊よりも、はるかにおそれているものにほかならなかったのだ。そのイシュトヴァーンは、休憩がすむと、またもとどおりの沈黙のなかにひきこもり、かぶともかぶらぬまま、白いマントの上に黒い、うしろでひとつにたばねた髪の毛をなびかせて、黙々と行軍を続けるだけであった。

ルードの森はどこまでもどこまでもひろがっているようにみえた——だが、少なくとも、それには必ず終わりがあった。どちらにせよ、トーラスから、ルードの森をぬけてケス河のほとりまで反乱軍を追いかけてきたゴーラ軍の兵士たちには、ゆきは、いちいち道を切り開いて進まなくてはならぬけわしい道のりだったが、帰りは、むしろその切り開いた道のおかげで道に迷うおそれもなく、前のものに間違いなく続いてさえいれば、仲間のすがたを見失うおそれもなく、行軍はかなり楽になったとさえ云えたのだ。それに、こんなあやうくぶきみな森に長居したいと望むものなどひとりとしていなかった。誰しもが一刻も早くルードの森を抜け、少なくとも自由開拓民の集落があちこちに見えるあたりに出たいと望んでいたので、行軍の速度は、ゆきよりも帰りのほうが相当速かったに違いない。

グインとハラスという虜囚を連れてはいたが、かれらはどんどん先を急いだので、その夜、夜営するまでには、相当な距離をかせいだようであった。それについては、グインにはわかるすべもなかった——地図などひとつもなかった上に、そもそもこの地についての知識さえなかったからだ。

それだけ急いでも、一日でルードの大森林を抜け出すことはとうてい不可能であった。

「今夜も、ルードの森で夜営か……」

しだいに日がかたむいてくるにつれて、ゴーラ兵たちのなかには、その、ひそやかな溜息がもれ聞こえたが、それも、イシュトヴァーンに万一にもきかれそうな親衛隊の周辺では一切なかった。ゴーラ兵たちの不平不満は、いまのところ、イシュトヴァーンという存在そのものと、それが手にしている鞭と剣とにかたくおさえこまれているようであった。

「全軍停止！　夜営準備！」

ふたたび、命令が下されたのは、かなり夜がとっぷりとルードの森に落ちてきてからのことであった。かれらはもはや馴れきった手つきでかがり火の準備をした——それが、いかにルードの森においては、おのれ自身の命を守るいのち綱か、ということは、もうゴーラ兵たちはいやというほどよくわかっていて、かがり火の世話と、そして一晩じゅう森のようすを見張っている歩哨の順番を決めるかれらのようすは恐しいほど真剣であった。

中央には、また天幕が張られた。こんどは、大きな天幕がひとつ、それに小さな天幕がひとつ張られ、イシュトヴァーンの本陣が大きいほうに、そして小さいほうにはグインを収容するように、という命令が伝えられた。

「ただし、縄はとかず、見張りは夜分たりといえども決して縄じりをはなさぬこと」というきびしい命令がそえられていた。グインは長時間後ろ手に縛られたままの状態で、不安定に騎乗を続けていたので、相当疲れていたが、黙って縛られたまま天幕に入り、そこに敷かれた敷物の上に、命じられるままに座った。

となりの天幕とのあいだには厳重に護衛がおかれ、また、そのむこうでは炊ぎの物音やにおいなども流れはじめていた。そのにおいや煙こそが、グールや死霊たちを誘惑するだろう、とかれらはおそれていたので、一般の兵士たちにゆるされたのは、何十人かにひとつづつの焚火で湯をわかすことだけで、あとは携帯食料で事足らさなくてはならなかったが、少なくともイシュトヴァーンとグインにだけは、それなりの用意がなされることになったようだった。ほどもなく、縛られたまま敷物の上に座ってじっとしているグインのところに、天幕の垂れをあげて、一人の騎士が入ってきた。

騎士は手に、湯をいれた桶を持っていた。彼はグインの縄じりをつかんでいる歩兵にかるくうなづきかけてみせると、歩兵に天幕の入口で見張りを続けるよう指示した。歩兵は一瞬、イシュトヴァーンの命令との食い違いにためらうようすだったが、やがてうなづいて、天幕の外に出ていった。

騎士はまだ若かった。といってもイシュトヴァーン軍の精鋭は、みな一様にそのくらい若かったのだが。彼は、虜囚に対してではなく、まるでおのれの剣を捧げた帝王に対してするように、丁重に一礼して、持ってきた布を桶のなかに入れ、湯の具合をみた。

「さぞ、お疲れのことと存じます、グイン陛下」

騎士はうやうやしく云った。

「イシュトヴァーン陛下のきびしい御命令により、お縄をといてくつろいでいただくことはかないませぬが、少しでも――その、いごこちよく一夜をあかしていただく分には、何も禁じる御命令は頂戴いたしておりませぬ。まずは、失礼して、そのお傷のお手当をさせていただこうと、薬を持って参ったのでございますが――お手当させていただいても、よろしゅうございますか。陛下」

「してくれるというのなら、べつだん否やはないが――」

グインは相変わらず陥っていた深い物思いから、やっと引き戻されたように、相手をじっと見つめた。相手はきっすいのユラニア人らしく、ややひらべったい顔をしていたが、誠実な黒い目をしていた。

「わたくしは、イシュトヴァーン陛下親衛隊第五小隊長コー・エンと申すものでございます」

相手は頭をさげて名乗った。

「では、失礼いたします。――お縄をほどくことは許されておりませぬが、ゆるめる分には大事ないかと存じますので、少々ゆるめさせていただいて」

「………」

グインはコー・エンを見た。コー・エンはまぶしそうにまた頭をさげ、そのままグインのマントをはねのけて、縄目をゆるめようと四苦八苦しはじめた。イシュトヴァーンの命令で、かなり縄はきびしく強く縛りあげられていたため、縛り目をゆるめることもなかなか大変だったのだ。

「かなり、鬱血しておられます。腕がかなり痺れておられるのでは。——それに、最前の陛下の……イシュトヴァーン陛下の鞭でお怪我をおっておられます。このままにしておくと、おからだにさわります」

「確かに、腕はかなり感覚がなくなっているようだが」

グインは認めた。

「まあ、俺はどちらにせよ虜囚だ。賓客のような待遇を受けようとは思っておらぬ。手当は、ハラスにしてやってくれたほうが俺としては望ましいな」

「そちらにつきましては——私の一存では、何ともいたしかねるのでございますが」

コー・エンは困ったように云った。そして、ようやく縄を少しゆるめると、グインの上体のあちこちに走っている、イシュトヴァーンの鞭のあとをいたましげに眺め、そっと、湯でしぼった柔らかい布でその傷口をぬぐいはじめた。

「しみるかもしれませんが、陛下」

「案ずるな。——コー・エンといったな。イシュトヴァーンに俺の手当をしろと云われたのか？　そうでないなら、余計なことをするなと、あれの逆鱗にふれるのではないのか？　だったら、無理してまで、そのようによくしてくれるには及ばんぞ」

「いえ……」

コー・エンは奇妙な――ひどく奇妙な表情でじっとグインを見つめた。それから、また手を動かして、そっと傷口にこびりついたまま固まっていた血をぬぐい、腕のしびれが少しでも回復するようにと、たくましい腕や肩のいましめのまわりをさすってやった。グインは傷口にふれられても、あいかわらず、声ひとつあげなかった。

「――おかしな、ことを申すようでございますが……」

コー・エンはたまりかねたように低くつぶやいた。

「私は、実を申しますと、きっすいの――なんと申したらいいのでしょうか、まったくのゴーラ軍ではございませぬ。――まったくのゴーラ軍、というとおかしな言い方になりますが……ウー・リー隊長のような、といったらよろしいでしょうか。……イシュトヴァーン陛下が、自ら街の不良どもを組織され、編成され、職業軍人として訓練された陛下の親衛隊の一員としては、やや異色の者かと存じます。私はもともとは、ユラニア正規軍の見習い騎士でございましたので」

「ああ」

とだけ、グインは云った。コー・エンはなおも奇妙な目でグインを見つめていた。

「昨夜――陛下が、ハラス大尉をお手当なさっているところに、たまたまわたくしも居合わせました。――それだけではございませぬ。陛下が、イシュトヴァーン陛下がグイ

ン陛下を鞭打たれているところにも、さきほど、居合わせました。――こう、申したら、あまりにも何でございますが――どうにも、こうにも、私は……」

「……」

「その――このようなことを申したからといって、決して、私がわが陛下に対してあれこれと批判がましい思いをもっているわけではございませんが……その」

コー・エンは唾をのみこんだ。そして、思い切ったように云った。

「どうしても、私は――昨日来のグイン陛下のご言動を拝見していて――グイン陛下の謦咳に接しておりまして……ああ、まことの帝王というのは、このようなものなのか――本当の王者というのは、これほどに、余人と違うものであるのか、と……その」

「……」

「あえてこのような……失礼な申し上げかたをしてもよろしければ――私は、その――陛下にすっかり――畏敬いたしてしまった、といったらよろしいのでしょうか、敬服、と申し上げてはあまりにご無礼のような――もしもかなうのであれば、おお、このかたこそ、自分がいく久しく求め続けてきた、まことの帝王であると――ただちにおのれの剣を捧げたいような……」

「……」

グインは何も云わず、目元で笑うようにコー・エンを見つめた。コー・エンはいくぶん顔をあからめた。

「自分は決して感情的な人間ではないと思っておりましたが——昨夜来から、どうにもならぬほど……心が波立ってならぬのであります。——けさがたのあの虐殺——あれも、私はおのれの小隊を指揮してかかわっておりました。ハラス大尉だけは決して殺してはならぬと御命令が下っておりましたので——大尉をとらえたのも私の隊であります。……このように、うだうだとお話していて、お邪魔ではございませんでしょうか？」

「どのみち俺は虜囚の身だ。何もすることがあるわけでも、できるわけでもない。気にすることはないさ」

「何か——何か、わたくしが、出来ることがあれば……」

「手当してくれているというだけで充分な好意だが、もしも贅沢をいってよければ、飲み物だけ何かもらえればありがたい。酒などである必要はないぞ。水で充分だ」

「そ、そのようなことでしたらすぐ。気が利きませんで、申し訳もございません」

コー・エンはうやうやしくいって、ただちに腰につけていた水筒をぬいて、グインに差し出した。が、気付いて、「ご無礼を」とわびてから、グインの口にさしつけて、その水筒から飲ませた。

「有難う」

グインはつぶやいた。

「これで生き返る。——じっさい、腕もまあ、それなりに多少の対抗策はあるし、傷などはどうということはないのだが、水だけは、どうにもこうにもな。——だが、おぬしも、このように俺に親切にしているところを発見されると、イシュトヴァーンにまずいのではないのか？　イシュトヴァーンの激昂をかっては気の毒だ。もう、充分に、おぬしはよくしてくれたと思うぞ。あとは、安心しておのれの持ち場に戻ってくれても俺は充分おぬしに感謝している」

「とんでもない」

　コー・エンは低くうなだれながら云った。

　と、みたとき、突然、せきをきったように、彼は低く、だがひどくうろたえたように早口でささやいた。

「グイン陛下。陛下は偉大なおかたです。陛下のお近くにいることができて、これほどの幸せはございませぬ。本当であれば、いますぐにでも剣を捧げ、陛下の直属にこそなりたいものだという希望が——昨夜来、ずっと自分のなかから去らないのですが……このような、不忠なことを、陛下におたずねしてもよろしいものでしょうか。私は——自分は、不安で、不安でたまらないのです」

「……………？」

　グインはゆっくりと目をあげてコー・エンをみた。

コー・エンはそのトパーズ色の目に近々と見られることをおそれるように目を伏せた。そしてさらに低い声でいった。

「自分だけではございません。自分のほかにも――むろんウー・リーどのなど、まったくそのようなことは感じておらぬものも多くいるとは存じますが――もともと、ユラニア正規軍で多少なりとも籍を置いた経験のある軍人は、みな……感じております。その……このようなことをいっても――イシュトヴァーン陛下は、その――本当に正気でいらっしゃるのでしょうか？」

「………」

グインはまたふたたび、じっとコー・エンをみた。

だが、こんどはコー・エンはひるまなかった。というよりも、胸のうちのどうにもならなかったわだかまりが、せきをきってほとばしり出てしまったかのようであった。

「ここはイシュトヴァーン陛下の天幕のすぐお近くです。万一にもこのようなことをグイン陛下にお話していることがわかったら、自分は陛下のお怒りにふれてその場で切り倒されてしまうかもしれません。そのようにしてさいごをとげたものは、朋輩にも少なくございません。――でも、そのこと自体が、自分には……イシュトヴァーン陛下は確かにきわめて勇猛で、非常にすぐれた武将であられる、そのことだけは我々、もともとユラニア正規軍あがりのものたちも、一瞬たりとも疑ったことはございません。そして、もう、いまのユラニアには、陛下についてゆく以外には生きのびる道はないのだと――だから、われわれは、どこまでも陛下にお供してはるかなパロのマルガへも、クムへも、クリスタルへも、またモンゴールへも参りました。――しかし、時として、自分は陛下が無性に恐ろしくなるときがあります。というより、いつも本当は、陛下がとてもとても恐しいのです。――なんだか、陛下はまるで、何かまったくちがうものにとりつかれた人間のようです。――いや、そうとだけいってては正確ではありません。……なんといったらよろしいのでしょうか。陛下のなかに、何人もの違う陛下がおいでになるような、といったらいいのでしょうか。――あるときは陛下はとても朗らかで、気さくで、勇猛で、軍人の鑑のような――我々の誰しもが魅了されずにいられぬようなおかたでおられます。我々はみな、その陛下をこそ大好きで、敬愛して、ここまできたのだと思います。しかしまた、このところ――ことに、このごろしだいに……」

コー・エンはためらいがちに口をつぐんだ。グインはじっとコー・エンを見た。

「このごろ、イシュトヴァーンが、以前と変わってきた、というようなことか」

「は、はい」

コー・エンは大きくうなづいた。そして、同時に、そのことばをようやく口に出してしまったことで、思い切りがついたらしかった。

「自分はただの一介の兵士にすぎません」

彼は辛そうにいった。

「ですから、陛下のようなかたたちがお考えになること、判断されることにはとうてい、自分のようないやしいものでは想像のつかぬような深い事情やお考えがあるのだと思ってここまでつきしたがって参りましたし、これからも、祖国ユラニア——ひいてはそれが発展したすがたとしての祖国ゴーラのために、一命はいつなりと捨てる覚悟でおります。それがなくては、職業軍人の道は選びません。——しかし……これは、本当に正しいことなのだろうか、とたびたびためらいながらでは、また……戦う剣先もにぶる、というのが……いま正直、われわれ、ユラニア正規軍あがりのものたちが感じているひそかな恐れであります。——うわさにきくあのパロの狂王レムス一世は、なにやら亡霊にとりつかれ、それによってどんどん判断をあやまり、国をあやまり——それによってついに、クリスタル大公アルド・ナリスの謀反を招き、ついにはおのれ自身も王位をおわれる、という末路を招いたときいております。恐れ多くもわが陛下にそのような、何かとりついているものがある、などということは申しません。そんなことを勘ぐっていたら、到底恐ろしくて、こんな遠征にはついてこられません。しかし——時として、陛下は……あまりにも残虐におなりです。また——時として、あまりにも……なんといっていいかわかりませんが、あまりにも無茶にも——無謀にもおなりになります。それでも、いい時には、陛下は、この上もなくわれらが敬愛し、御信頼申し上げている若きゴーラの英雄です。でも――」

よほど、鬱屈しているものがあったのだろう。コー・エンはそこまで一気にささやくように喋ると、ふいにはっとしたようにあたりを見回した。

「自分は、何か、云ってはいけないことを申し上げたでしょうか……」

急に口ごもりながらつぶやく。そして、あわててまた、塗り薬を取り出して、せっせとグインの傷口に塗りはじめた。

「自分のなかで、どうしても落ち着かぬものがあって……帝王というのはどのようなものであるべきかという――それに対してこれまでは、いちがいに云えたものではない、陛下はまだお若いし、それに王になられた事情が事情でおありなのだから――これから、国がおさまり、敵が平定されれば、しだいに落ち着かれてよき王ともなってゆかれるのだろう、それまで自分たちに出来ることは、ただ、しっかりと、戦勝を積み重ねて一刻も早くその、陛下が落ち着かれる平和の時をもたらすことだ、と信じて――がむしゃらに戦って参りましたが、しかし――」

「………」

「我々はみな、疲れて――ひどく疲れているのかもしれません」

コー・エンは一瞬、ひどく遠くを見るような目つきをした。

「もう長いこと、アルセイスにも戻っておりません。……自分はかなり若くして軍役に入りましたので、軍人としてのそういう生活には、すっかり慣れているつもりでした。しかし——このしばらくというものは……」

「大変だな」

グインは同情的にいった。

「王というものは——指揮官というものは、時として、どこに部下たちを連れてゆくかわからぬし——それこそ、部下たちを死地に追い込むことがわかっていて、進軍を命じなくてはならぬこともある。そのようなときには帝王とても苦しむものだ。——そのようなときに、王をも、その部下をも支えてくれるのは、ただ、お互いのあいだにある信頼関係だけだろう」

「陛下——」

コー・エンは口ごもった。

「もし……陛下が、グイン陛下のようであられさえしたら——まさにこれこそ帝王の器、帝王とはこういうものだ、と我々をして感じさせてくれる仁慈のお心深い王者でありさえしたら——自分は、たかのしれた自分のいのちなど、それこそちりあくたほども惜しむものではないのでございますが……」

「まあ、そう云うな」

グインはかすかに笑った。

「イシュトヴァーンはまだ若い。おぬしのいうとおり、あいつにはあいつのいろいろと悩み、苦しみもまた、はたからはうかがい知れぬほど深いのだろうよ。——それを思えば、あの若さで、しかも僭王として一国をしたがえることになったのは、幸福なのか不幸なのか——おそらく不幸なのだろうな。俺からみても、あの男はとても苦しんでいるようにしか見えぬ。何にそう苦しんでいるのかまでは、よくわからぬが……」

「陛下は、苦しんでおられるのでしょうか？」

奇妙なことに、そのことばをきくと、いくぶん明るい顔になって、コー・エンは叫んだ。それからあわてて声を低めた。

「陛下も、苦しんでおられるのでしょうか。だったら、自分たちも、その陛下のお苦しみ、お悩みをとりのぞくために戦うことにはやぶさかではないのですが。ただ、自分も、人間です。心からすすんで剣をささげ、命を捧げるためには、このおかたのためにこそ、とそこまで思い込んで、いつなんどきでもにっこり笑っておのれの選択に悔いなしと胸を張って死ねる、そのような満足が必要だと——いや、以前の陛下には確かに、それがおありだったと思うのですが……なんといっていいのか、あまりに大それたことで、よくわかりませんが……」

4

「イシュトヴァーンは、このところになって、ひどく荒れている、ということか?」

グインはずけりりと云った。コー・エンは身をふるわせた。

「しかしそれも――遠く遠征に出ておいでのあいだに、王妃陛下が子供を産み落として自害される、などという悲劇があったのでは、当然ではないか、とはむろん思うのですが――自分のこととして考えてみたら、身の毛がよだちます。自分はまだ妻帯してはおりませんが……そんなことになったら、すべての希望をも、人への信頼をも失ってしまうような気がいたしますから。――余計なことをたくさん申し上げて、陛下の貴重な休息のお時間をお邪魔してしまったのではないかと気がかりで……とりあえず、お手当はすみましたので――」

「有難う。コー・エン」

グインは重々しく云った。コー・エンの頬がまた、ぱっとかすかに血の色をのぼらせた。

「あまり、案ずるな。イシュトヴァーンとても、一代の梟雄と呼ばれた男だろう。そのような悲劇があってみれば、心が揺れ動いても当然のことだ。だが、彼はやはり凡骨ではない。それは俺も感じる。——確かにいまはかなり動揺しているのだろうが、な。——俺はあまりそのへんの事情が詳しくわからんのだが、その、王妃の自害という悲劇と、このモンゴール反乱軍とはむろんかかわっているのだろうな」

「それはもう」

一瞬、コー・エンは少し不思議そうな顔をしたが、あまり疑いももたずに答えた。

「そもそも、アムネリス王妃、と申しますか、もとモンゴール大公アムネリスさまが、イシュトヴァーン陛下に、モンゴール大公の夫としての地位をもたらし——そしてまた、それが、ゴーラの王を名乗るための重要なきっかけとなられたわけですから。アムネリスさまがおいでにならなかったら、イシュトヴァーン陛下はいまだに赤い街道の盗賊のままだっただろう、ということはみな承知しております。——アムネリス陛下と、陛下がなぜ、不仲になられ、陛下が王妃陛下を——しかも妊娠しておられる王妃陛下を塔に幽閉されるようなことになったかは、われわれ如きでは、本当の詳しい事情はよくわかりませんが、もとよりアムネリス陛下がイシュトヴァーン陛下の、モンゴールへの背信行為をとがめられたことがそもそもの原因だった、とはきいております。その背信行為というのも、じっさいにはごく昔のことで、イシュトヴァーン陛下がまだモンゴールの傭兵であったおりの裏切りにすぎず、その大昔の行為をあばきたてられて追いつめられたことで、イシュトヴァーン陛下はいまはこれまでと、モンゴールを征服し、ゴーラの支配下におく決意をされた、ときいておりますが。――しかしむろん、それだけのことがあったのですから、もとモンゴール大公たるアムネリス王妃陛下にしてみれば、イシュトヴァーン陛下に裏切られた、というお憎しみはたいへん強かったのだと思います。――そしてそのお憎しみのあまり――おのれとイシュトヴァーン陛下との愛の結晶であるべきドリアン王子を産み落とされて、その衝撃で自らお命を断たれたのだろうと――イシュトヴァーン陛下はまだ、パロ遠征の途上におられたときのことで、それには私もお供しておりましたから、確かに、モンゴールの民がたとえどれだけ非難しようと、アムネリス陛下の自死については、イシュトヴァーン陛下はまったくあずかり知らぬことだったのだ、ということだけは、自分はどれだけでも陛下のために弁護できますが」

「なるほどな」

面白そうにグインは云った。

「イシュトヴァーンというのも、まことに数奇な運命をたどっている人間なのだな。――一介の傭兵から、モンゴール大公の夫、そしてモンゴールの裏切り者からゴーラの大王へか。――確かにそれは、なみやたいていの運命ではない。普通の人間の心理や心情では、とてもついてゆけぬような展開なのだろうな」

「それをいったら、それはもうどれだけか、グイン陛下のほうが数奇きわまりない運命の変転を経ておいでです」

コー・エンは、おのれの気がかりについて、グインにぶちまけたことで、よほど心がかるくなったように、微笑みさえうかべた。

「そのおふたかたが、ところも近いノスフェラスで、同じくパロの王子と王女の傭兵としてモンゴールと戦って切り抜けられ、いまの中原のいしずえを築くこととなった、というのが、まことに不思議きわまりないヤーンのめぐりあわせと、自分には思えます。——最初に陛下を目のあたりにしたとき、雷にうたれたような心持がいたしました。——ああ、自分は、あの神話にひとしい伝説中の人物を直接目にしているのだ、と——そして、そのあと、あの夜営のおりに、陛下がハラス大尉を手当しておられるのを見たさいに、ますますその思いは……自分は神話のなかに入ってしまったのだ、というような思いがつのりゆくばかりで……パロ遠征のときにも、陛下のおうわさだけはうかがっておりましたが、そのおりには、遠くから、おすがたを拝見することしか得ませんでしたので……親衛隊のお馬まわりを拝命したのは、自分は、パロ遠征から戻って、席をあたためるいとまもなく、モンゴール反乱軍征討の遠征に加わった、そのときからでございましたので」

「なるほど。それにしてもゴーラ軍もあとからあとから遠征を命じられて大変なことなのだな」

面白そうにまたグインは云った。

「ゴーラも話のようすではまだずいぶんと、出来上がってから間のないうら若い国なのだろう。それが、そのようにしてずっと、国もとをあけていて、大丈夫なのか？　イシュトヴァーンは、それは心配ではないのか。それほどに、ゴーラの国内の情勢は安定しているると思っているのかな」

「それはもう、そうではございませんでしょうが、何を申すにも、イシュタールには、カメロン宰相閣下がおいでになりますから」

コー・エンの声が、またふしぎな懐かしげな敬愛のひびきを帯びた。グインは注意深くそのようすを観察していた。

「カメロン宰相――か」

「カメロン宰相がおいでにならなかったら、とうてい、ゴーラなどという国はいまごろ存在してはおりますまい」

コー・エンはむしろ誇らしげに云った。

「あのかたがヴァラキア提督をしりぞき、ゴーラにおいで下さったことこそ、ゴーラ建国の最大の希望だったとみな、思っております。むろん、ヴァラキアで、カメロン宰相と、イシュトヴァーン陛下がじっさいに親子であられたのか、どうか、それは我々にはどうでもよいことです。ただ、宰相あっての陛下であり、宰相あってのゴーラ王国であると――」

「カメロン宰相というのは、そんなに信頼されているのだな」

グインは口の中でつぶやいた。

「なるほどな。――それでイシュトヴァーンは安心して遠征に出歩けるというわけなのだな。だが、そのカメロン宰相を信じることが出来なくなった、というようなことをイシュトヴァーンは昨夜、もらしていた――なるほど。だが何か具体的な背反の事実があったようなことはいっていなかったな……むしろ、自分でも、そんなことはありえないと思いつつも、どうしても信じることが出来なくなった、というような……つまりは、イシュトヴァーンにとりついているのは、《不信》という名の病気なのだ、というわけなのだな」

「は――？　何か、おっしゃいましたか」

コー・エンがけげんそうにグインを見る。グインは首をふった。

「ゴーラもなかなか大変そうだな、と思っていたのだ。だが、ここにあまり長居をせぬほうがよいのではないか？　俺はあくまで虜囚だからな。その虜囚と、あまりに親しく話し込んでいると、万一にもそのことを誰かに見咎められたり、イシュトヴァーンに告げられたりするとおぬしのとがになろう。おぬしはとてもよくしてくれた。おぬしの名は、忘れぬぞ、コー・エン」

「身にあまる光栄でございます」

コー・エンは頭をさげた。

「あれこれとつまらぬことを申し――失礼いたしました。自分が栄光あるゴーラの軍人としてあまりにも心弱い、と陛下に思われはせぬかと心配です」

「そんなことはないさ。だがもう行くがいい。夜はだいぶ更けてきたようだ」

グインが云ったときだった。垂れ幕が上がり、小姓が顔をのぞかせた。

「グインどののお食事をお持ちしました」

「だが、縛られたままでは、召し上がれぬではないか」

コー・エンがとがめた。

「そこにおいて、陛下に縛られたまま口で召し上がっていただけというのか？」

「そ、それについては――イシュトヴァーン陛下から、何もうかがっておりませぬもので――」

「もういい。自分がいま、陛下に、今夜だけでも、グイン陛下の縄をゆるめて差し上げるよう、お願いしてくる。そこにおいてゆけ」

「かしこまりました」

「無理はせんでくれていいぞ、コー・エン」

グインはゆったりと声をかけた。コー・エンはうなづいた。

「大丈夫です。それに一晩そのまま縛られていては、いかに陛下が強靭であられても、消耗もひどくなりましょうし、腕やおからだにもひどく弊害が出ましょう。それについては、多少のお怒りはかっても、イシュトヴァーン陛下に申し上げなくては。いってまいります」

コー・エンは丁重に一揖すると、そのまま天幕から出ていった。小姓は困惑したように、敷物の上に、盆をおいた。

「こちらに、おいて参りますので」

小姓はおずおずと云った。

「よろしければお好きなときにお召し上がり下さいませ」

云いおわると、これでおのれの役目はすんだ、というように、急いで出ていってしまう。盆の上には、小さな火酒の壺をそえて、かるく煮込んだ乾果と干し肉のシチュー、それに固い、シチューにつけて食べるガティのパンとがのせられていた。それだけでも、多少煮込んであるだけでも、ほかの兵士たちの食べなくてはならぬ、いっさいしるけのない携帯食料とは比べ物にならぬ待遇なのだろう。

小姓といれかわりに、見張りの兵士が二人、入ってきて、一礼してから、グインの両脇にすわり、縄じりをとった。グインはそのまま身を折り曲げて食事に顔を近づけるほど空腹でもなかったので、じっと座ったままでいた。

こんどの見張りの兵士たちのほうは、コー・エンよりも明らかにずっと身分が下の平兵士であるようであった。かれらは、グインのような重大な身分の囚人とは、対等にことばをかわす、などとは思いもよらぬというようすで、じっとただ縄じりをとって命じられた見張りをつとめているだけであった。

ややあって、コー・エンが入ってくると、見張りたちは恭しく頭を下げた。グインは目ざとく、コー・エンがいくぶんさっきよりも辛そうな歩き方をしているのを見てとった。なんとなく、左側の肩を庇っているようすが見える。だが、コー・エンはなにごともなかったようにグインの前に丁寧に膝をつき、一礼して、にっこりと笑った。

「イシュトヴァーン陛下より、食事とお休みのあいだのみ、グイン陛下の縄目をゆるめてさしあげても苦しからず、という御命令を頂戴いたしました」

彼は満足そうに笑った。そして、早速、グインの縄目をときにかかった。

「すまぬな」

グインは低く云った。

「何か、イシュトヴァーンの怒りをかったのではないか?」

「いや、陛下はこころよくお許しいただきました」

コー・エンはまたグインを見てにっこりと笑った。そして、力をこめて、グインの縄目をときはなった。

「これはひどい。すっかり、腕に食い込んであとがついてしまっておられます。これではだいぶん、お手が痺れておいででしょう。少し、血行が戻るよう、おさすりいたしましょうか」

「いや、こんなものは放っておけば大丈夫だ。心配しないでくれ」

「しかし、長時間そのように生身の体をつよくいましめつづけることは壊死を招くゆえきわめて危険だ、とかねて聞き及んでおりますし」

コー・エンはちょっと身をふるわせた。

「陛下はむろん、きわめて頑健であられるとは思いますが、ずいぶんと長時間——ほとんど一日じゅうに近いほどのあいだ、縛られておいでになったのですから、かなり痺れておいでだと思います。少し、動かしたほうがよろしいかもしれませんが、まだ痛みますか」

「なに、大丈夫だ」

グインは、ゆっくりと両腕を動かした。確かにコー・エンのいうとおり、ほとんど半日以上のあいだ縛りあげられていた腕はかなりしびれて感覚がなくなってしまっていたが、しだいにじわじわとそこに血がめぐってくるのが感じられる。

「これは、おぬしに深く礼を言わねばならんな」

グインはつぶやいた。

「このまま一晩――さらにそののちまでも、縛られていたら、確かに二度と腕を使えなくなるかもしれぬ危機にはさらされていたかもしれぬ。――だがもう大丈夫だ。俺はもともと筋肉が強いので、それなりに縛られた状態のなかでも筋肉を使って多少はいたみをやわらげていたつもりだ。ほどもなくもとどおりになる。礼をいうぞ、コー・エン」

「何をおっしゃいますやら。ケイロニアの豹頭王陛下のお役にたてれば、これにまさる幸せはございません」

コー・エンは云った。そして、見張りたちにむかって声をあげた。

「お前たち、心して陛下にお仕えするのだぞ。本来、いまはめぐりあわせにより、囚人となられているとは云いながら、大ケイロニアを支配される高貴なおかただ。まことであれば、お前たちなどの卑しいものがそばによるどころか、お顔をみることさえかなわぬかたなのだぞ。心して、今夜一晩、陛下に御不自由をおかけせぬよう、お仕えせよ。それについては、イシュトヴァーン陛下からもご了承はいただいている。いいな」

「かしこまりました」

驚いたように、見張りの兵士たちは返答した。コー・エンはいやそうに盆の上の貧しい食物をみた。

「このような粗末なものでは、ケイロニア王ともあろうおかたに差し上げるのは本来、ゴーラの恥とも申すべきでございますが——何分、行軍中のことでもあり……」

「なに、そう気にしてくれるな。俺は食べ物飲み物、着るものの不平などいわぬ、気にするな、これで充分だ」

「恐れ入ります。もし、何か御不自由がありましたら、なんでもお申し付け下さい」

コー・エンは、完全に、グインにあらんかぎりの力を捧げて仕えることに決めたようであった。彼がうやうやしく、完全に臣下の王への礼を捧げてから天幕を出てゆくと、グインはようやく腕にかなり感覚が戻ってきたのを感じて、少しづつ腕をまげのばしてみた。見張りの兵士たちは、心配そうにそのようすを見ているだけで、なにも云わぬ。

(確かに、あの若者のおかげでずいぶんと助かったといわねばならぬかもしれん)

グインは、さらに腕を曲げ伸ばししながら心につぶやいた。

(このまま一晩縛られていたら、いかに俺といえど、当分のあいだ使い物にならなくなってしまったかもしれぬ。——その意味では、まことにあの若者のおかげで助かった。……だが、あのコー・エンの様子から察するに、ゴーラ軍内部にも、本来の——というか、イシュトヴァーンがあとからかきあつめて、ゴーラ軍としてのありようしか知らぬ、いわばならず者や不良少年たちの部隊と、それからもともとはユラニア正規軍あがりであった者たち、つまり職業軍人として、しっかりとした国体があって軍人づとめをしていたものたちとのあいだには、いささかならぬ気持の差があるのだ、ということだな)

（それはまあ当然だろうな……逆にかえって、正規軍としての訓練を受けた軍人たちのほうが、あのようなやみくもな虐殺にはおぞけをふるったり、いやけがさしたりするということは充分に想像がつく。――かれらは、つまりは、軍隊対軍隊の、正式の戦いのために仕込まれたのであって、あのような凄惨な虐殺に対しては何の構えも持っておらぬからな……だが、そうしたならず者部隊のような連中は、むしろあんな虐殺とても面白がるだけかもしれぬ。――あの、イシュトヴァーンのかたわらにいつもついていて、俺に挨拶した、ウー・リーと名乗った若い隊長などは、あのような虐殺とて眉ひとすじ動かさぬか、逆にひどく興じかねないようすに見えたが……）

（まあ、いま、それを知ったからといって、それをただちにどう利用できるというものでもないが……それに、俺は――）

トーラスに連れてゆかれるのは避けたかったが、もしもゴーラの首都にむけて、ゆくさきが変更になるのであれば、それほど、どうしてもここからすぐに逃亡して、ルードの森をさまよう、という気持には、グインはならなかった。

それに、コー・エンの応対などをみているうちに、あのグールの森で感じていた切なる不安――（人間たちばかりの文明国にいったとき、俺の異形はいったいどのような受け取りかたをされるのか――？）という不安は、かなり、グインの内部でそのおそれを減じてきていたのだ。

（どうやら――本当に、冗談ごとでなく、俺はこの世界でひどく知られているらしい――それだけではない、かなりの尊崇をも受けているらしい。……そして、それはこの、異形の豹頭がらみであり――俺が、《ケイロニアの豹頭王》としてふるまっていられるかぎりは、誰も、俺のすることなすことや俺の外見に不安や恐怖や、見知らぬ異形の怪物だというような気持はもたないでいてくれるらしい……）

それは、グインにとっては何よりもありがたいことであった。

まさしく、蘇生の心持である、といってもいい。――それこそが、もっともかれが恐れ悩み、いかにして人里に入っていったらいいのかと案じていた肝心かなめの点にほかならなかったのだから。

それに、イシュトヴァーンと、そしてコー・エンたちのことばをきいているうちに、少しづつ、グインの頭のなかにも、おのれがどういう存在であり、そしてこれまでの運命がどのようなものであったのか、それについての図が組み立てられてきていた。むろん、依然としてそれに対してはまったく実感をもつことは出来なかったし、それに、あまりにもかれらの無造作に口にすることばは複雑で、（たったひとりの人間に、そんなにもたくさんのことが可能だったのか？）と疑ってみたくなるほどに入り組んだ運命でありすぎたが、それでも、いくつかの節目については、すでにグインは、そのつもりになればイシュトヴァーンをでもたくみに煙にまいてすべてを覚えているように話せるくらい、なんとなくは理解しはじめていた。

（俺は、もともと――いまとたいしてかわらぬような状態で、ほかならぬこのルードの森にあらわれたらしい。――そして、そこ……あるいはその近くのどこやらで、イシュトヴァーンとまず最初に知り合うことになった。……そして、イシュトヴァーンと二人でそのパロの王女リンダと王子レムス、という子供たちを助け、いくつかの戦いを経験したらしい……）

（そのあと、どうなったのか、あまりにもいろいろありすぎてよくわからぬが……しかしとにかく、俺とイシュトヴァーンはしばらくのあいだ最大の味方であり、それからたぶん俺が、イシュトヴァーンに味方することをことわってイシュトヴァーンに気を悪くさせ……だが、そのあと、結局また、俺はこんどはケイロニア王として、イシュトヴァーンとともどもに戦ったり、何か手を結んだりしていたらしい……そして、その後にパロにおもむくことになったのか？……それは、なぜ、そうなったのだ？）

（それについてはまだまったくわからぬが――イシュトヴァーンのほうは、そのモンゴール大公アムネリスという女性と結婚してモンゴールの重鎮となり……そして、その後に何か裏切り行為があって、それを利用してゴーラ王になった……それにはおそらく、イシュトヴァーンのいっていた、マルス伯爵という存在――ハラスの伯父であるとハラスのいっていたモンゴールの重臣がかかわりがあるらしい。そしてそれには、俺自身が大きくかかわっているらしい……俺が、そのマルス伯爵をほろぼすための策略を案出して、イシュトヴァーンにそれをさせた、ということか？——それについては詳しいことはよくわからぬが……いずれにせよ、そういうことがあって、イシュトヴァーンは非常に人々、ことにモンゴールの人々のうらみをあつめるかたちでゴーラという新しい国を作った——ウム、ゴーラと、コー・エンのいった『ユラニア正規軍』というもの……ユラニアとの関係がよくわからんが……それについては、どうやって聞き出せばいいかな……）

（そしていまのゴーラは、カメロン宰相という傑物がイシュトヴァーンにかわって国元を守っており、イシュトヴァーンはモンゴールの反乱軍を平定するためにモンゴールに遠征したところで——そして、その前に、俺はイシュトヴァーンがまだそのパロにいるときに、なんらかの理由でイシュトヴァーンの前からも、おのれの部下の前からも消え失せた——《パロの女王リンダ》の前からも、そうであったらしい……）

（このあたりはみな俺にとっては謎ばかりだ。——何かのおりに、すべてがわかった、と思ったこともあったのだが——だが、また、結局すべてがもやもやともやに包まれたようにわからなくなる。夢のなかで何もかもを理解したのだったか、それとも、本当にわかって、そしてまたわからなくなったのか——わからなくなる……）

（ただひとつ確かなのは——ゴーラ王イシュトヴァーンは、非常にいま、世界にとっても特殊な、注目される――それも悪しき注目を受ける存在なのだ、ということだな。……ユラニア軍あがりのコー・エンが心配するように……イシュトヴァーンのあのハラスたちの仲間に対するような凄惨なしうちはおそらく、あれひとつでなどありはせぬのだ。そして、そのために、たぶんイシュトヴァーンは非常に警戒され、恐れられ、呪いをかけられ、恨まれている……たぶんそれが、イシュトヴァーンがあんなに精神的に不安定で、しょっちゅう気分が入れ替わっているようにみえる、あの動揺ぶりの最大の原因なのだろうか?)

(それにしても、なんだかひどくあやうい感じを与える男だが――俺と長いこと一緒に旅をした――ともに背中あわせで戦った、とイシュトヴァーンは云っていた――俺をこんなに打擲したあのイシュトヴァーンの怒り――もう二度と信じるものか、と云い放った、あのケス河畔での氷のような怒りに比べれば、俺を鞭打ったときにはよほど気分が変わっていたようではあったが――しかし――)

グインの物思いは、尽きることを知らなかった。

第二話　黒　白

1

その夜は、しかし、ルードの森に巣くうグールどもによる被害が出ることもなく、比較的静かに過ぎていった。むろん、たくさんのかがり火が燃やされている状況に、グールたちも怯え、警戒したのかもしれないし、また、そもそもこのような大勢の武装した人間たちがルードの森を抜けてゆこうとしている、という状況そのものに、グールたちが少し馴れてきて、ともかくかれらを通過させてしまうことだ、と考えるようになったのかもしれない。グールたちがどのように考えたのかどうかは知らず、前の一夜と異なって、木々のあいだからこちらをうかがうあの不気味な目も、キキッ、キキッというあの恐しいかすれたような吠え声もほとんどなかった。たまに、それが見えたり、きこえてきてはっと兵士たちを緊張させることがあっても、すぐにそれはしずまった。

兵士たちはかわるがわるに歩哨を交代して、つかのまの眠りをむさぼり、休みをとった。馬たちもかがり火の近くにいないと落ち着かぬようすだった。道はそれなりに馬が通れる程度には切り開かれていたが、むろん一個所にかたまることのできるような広さはどこにもない。だらだらと長い一列になっていることは、横合いから攻撃された場合には、分断されやすくきわめて危険なことは、兵法の初歩である。だが、ともかく休みはとらねばならぬし、また、夜の行軍にくらべれば、どれほど危険が秘められていても、かがり火をたき、夜営するほうがまだしも安全だろう。もう、ルードの森での行軍もかなりの時間になっている。ゴーラ兵たちは、ひたすら一日もはやくルードの森を抜け出し、少しでも文明のにおいのする場所、切り開かれた場所、見通しのよい、屋根や畑など人間の手の入った場所に戻ることだけを願っているようだった。

イシュトヴァーンは天幕にたてこもったきり、その夜を、マルコをかたわらにおいてすごしたようだった。グインを呼びにやらせることもなかったのは、まだ脱走についてのしこりと憎しみとがかなり残っていたのかもしれぬ。それはグインにとってもしかし、いささかほっとすることだった。イシュトヴァーンとともにあって、その激怒や感情の激動にふりまわされぬようにしつつ、イシュトヴァーンの当然知っているものと信じてこちらにむけてくる、あふれるような情報の渦をなんとかうまく取り込もうとするのは、相当に疲れることだったからである。ようやく縄をといてもらったので、グインは食事をすませ、ひたすら体力の回復につとめるよう、敷物の上でマントをかぶって眠ってしまった。夜中にグールがかなり近づいてきて、吠えている気配もあったが、それにももうおびやかされることはなかった。

見張りの兵士たちも、天幕の入口のうちそとを固めたまま、そこで剣を胸に抱いて座り込んでうとうとと眠っていた。眠ってはならぬとおのれを制してもうちつづく困難な行軍の疲れが頂点に達する時期で、まだ若い兵士たちには、こらえてもこらえてもどうにもならぬ睡魔が強烈に襲ってくるようであった。ルードの森は、しんと寝静まりつつあった——グールの吠え声も遠のき、かがり火のぱちぱちとはぜる音、遠く梢を吹き抜けてゆく風の音だけが耳につく。

じっと、マントをかぶったまま身をよこたえて、かりそめの眠りをむさぼっていたグインの目が、突然、かっと静かに見開かれた。

天幕の中には一応、かんてらのあかりが置かれていたが、油が切れたらしく、それも消えていた。グインはトパーズ色の目を闇のなかにかっと見開いた——おのれが、何故にはっと目覚めたのか、ほんの少しのあいだ、グインにはわからなかった。

それから、グインは目を細めて暗がりを見透かした。

なにものかが、そこにいた。

それは、ひどく奇妙なものだった——地面から生えている、人間の生首。

しかも限りなく年老いている。白い長い髯と髪、そしてしわぶかい、しわに埋もれたような顔。

「よう。グイン」

そのしわぶかい口元が動くと、しわがれた声が漏れた。グインはちらりと目の端で、歩哨たちのほうを見やった。生首は唇をひんまげて笑った。

「案ずることはない、ないに決まっとるじゃろ。わしがやってることだよ。きゃつらはよう眠りこけているともさ」

「グラチウス——だったな」

グインは疑わしげな声を出した。すでにこのしばらくで、さまざまな怪異にも馴れっこになってしまったかのように、疑わしげではあったが、グインのようすには、驚いたり、あやしんだりする気配もなかった。ことに、この馴れ馴れしい奇妙な怪生物に対しては、そうであるべき理由がグインにはあったのだ。

「また、あらわれたのか」

グインはいやそうに云った。それもグラチウスの魔道の力が及んでいるためなのか、グインが低めもせぬ声を出していても、歩哨たちは目ざめる気配もなく、いまはもう意識を失ってでもいるかのようにぐっすりと眠りこけているらしい。

「そう、お前だ。確かにお前だったな。——お前はこないだうちから、何度もセムの村にやってきた。その顔はよく見覚えている。確かになかなか力のある魔道師であることは本当らしい。そうでなくては、こうあちこちに神出鬼没にあらわれることは出来ぬだろう」

「まして、グールと死霊と、そして他の魔道師めの縄張りである、このルードの森にな！」

生首は、ヒョヒョヒョヒョヒョ、というようなあやしげな、妙に満足げな笑い声をもらした。そして、生首のくせにそのまま歩いて、こちらに近づいてきた。むろん、実際にヒョコヒョコと歩いたのではなくて、すべるように、首だけがグインのほうに寄ってきたのだ。

「来るな」

グインは鼻面をめくりあげて唸った。

「気色の悪い。——それ以上、俺に近づくな。この化け生首め」

「薄情なことを」

グラチウスは云った。

「それに、酔狂なことを。なあ、グイン、お前は本当にイシュタールまであの殺人王についてゆくつもりなのかい？　むろんそうではないんだろうが、逃げ出すなら早いほうがよかろ？　でないと、どんどんイシュタールに近づいちまう。あそこはあれはあれで、けっこう堅牢に作ってある。それだけは、認めざるを得ないが、あれはあのイシュトヴアーンの馬鹿が作ったにしては、あちこちなかなかよう出来た都だよ。まあ建築家のアスニウスが頑張ったのだがなあ。だから、あそこの地下牢はあまり舐めんことだ。けっこう、脱出するのが大変だと思うぞ」

「お前は、なぜ、そのように俺にいつまでもつきまとう」

相変わらず鼻面をめくりあげて牙をむいたまま、グインはいやそうに云った。

「そもそもあのはるかなセムの村でも、俺の記憶を直してやろうだの、いろいろと教えてやろうだのといって、あれやこれや、俺に近づこうとしたな。もし俺がそれにうかうかと乗っていたら、どうなっていたのか、知れたものではない。——なんだって、そのように俺にまとわりつく。能書きどおりならたいそう偉い魔道師なのだろう。それがどうして、俺のまわりにそのようにしつこく出没するのだ？　俺にいったい何の用があるのだ？」

「そんなことをいうなら、わしのほうが聞きたいね、グイン。なんで、お前さんは、そうわしに冷たくするんだ？　もとよりお前とわしはあんなに仲良くて、肝胆相照らした間柄だったんだよ。——何回そういっても、あんたは信じてくれやせんが、一体全体、どうしてあんたは、このわしのいうことを信じないんだ？　記憶を全部取り戻すのは無理でも、わしが全部、こまごましたことまでみんな話してやるよ、と何回もいうたじゃろ。だのに、お前は、それを毎度にべもなく断ったじゃないかね」

「どうしてかわからんが、お前は信用できん、というにおいがする。それだけのことだ」

グインはそれこそにべもなく答えた。グラチウスが鼻の穴をふくらませた。

「なんて無情なことをいう！　わしらはあんなに仲良しだったんだよ！　それに何回も、手を組んで一緒にいろいろなことをした。それさえも、忘れてしまって、信じてくれんというのかね！」

「いまの俺は何が本当で、何がそうでないのか、まったくわからん」

ぶっきらぼうにグインは答えた。

「だから、俺はますます、おのれの直感に頼ってものを感じて、その感じたままにふるまう以外しょうがない。その俺の直感が、お前のことばを信じるな、というのだ。お前は、うろんなやつだ——信じないほうがいいぞ、一切、信じてはいかぬ、とだな」

「おう！　なんてことを」

生首は上をむいて、なさけなさそうな顔をした。

「これまで、あれほど、尽くしてきたのに！　よくしてやったのに！　そもそも、お前さんが記憶を失うにいたる、そのついつい直前まで一緒にいたのは、このわしだったんだよ！　そうだともさ」

「それとまったく同じことを、ついこのあいだ、《北の賢者》ロカンドラスと名乗る老人が俺にむかって告げてくれたぞ」

グインは手きびしく決めつけた。

「そして、俺は何故かは知らず、彼のいうことは信じてもいい、という感じがしたものだ。――だが、お前はなんだか信用ならぬ」

「さては、ロカンドラスのやつが、なにやらかにやらいらぬ告げ口だの入れ知恵だのしたんだな」

グラチウスは不平そうにいった。

「あいつは死んでからまで、わしの邪魔をする。もともと、相性はとても悪かったがね――まあ、魔道師どうしなんて、相性のいいものなどあるわけはないのだが、ことにあいつとはわしは相性が悪い。――だが、確かにロカンドラスのほうがあとまでおぬしと近くにいたかもしれん、あの《星船》の中に入ってしまうまでは、ロカンドラスがおぬしを連れていったかもしれんが、そこにいたるまでの、《グル・ヌー》までおぬしを親切に案内してやったのはこのわしなんだよ。それも、思い出せんのかね」

「………」

グインはうろんそうにグラチウスをにらんだ。

グラチウスはちょっと考えて小首をかしげた――といって、当人は首しかなかったのだから、それはためからは、切られて地面の上におかれている生首が、ちょっとかしいだような、ひどく不気味な光景にみえた。

「ウウーム……その、おぬしの記憶喪失というのも、わしからみると、星船とあの古代機械——物質転送装置と密接なかかわりがあることは明らかなのだがね。おぬしは記憶を失ったわけじゃない。ただ、記憶のなかみすべてが大混乱し、あるべき場所になくなり——同時にまた、なんといったらいいのかな、その記憶をきちんと並べ直すためのおのれ自身の……うまく云えぬが、何か仕掛けのようなものが何かのはずみで、なくなってしまったか、うまく作動しなくなってしまったのだろう。これはもう、ああいう超科学文明の産物なんていうもののことは、いかに偉大な黒魔道師だといっても、わしにはわかりはせぬが、それはロカのやつにだって同じことだよ。——あれは、この世の、少なくともこの世界のものではないのだ。だから、この世界に生きる我々のあずかり知らぬ原理で動いている。そしておぬしはその、あずかり知らぬ世界からやってきた。——だから、その、我々にはあずかり知らぬ原理はおぬしに強く作用している。それをどうしてやったらいいのかは、この世界に生きている我々には、たとえロカンドラスにであれ、どうにもならぬさ。もしかして、あのばかげた大導師アグリッパになら、多少わかることはあるかもしれんが、わかることがあるかもしれん、というだけで、何も出来ないのは我々となんら変わりはないさ」

「おぬしのいうことは、よくわからぬ」

そっけなくグインは云った。

「だが俺は大半の記憶を失っているとはいえ、だからといっていろいろな機能までも失っているわけではない。むしろ、それをひとつに結びあわせてくれる記憶が欠落してしまったぶん、俺のさまざまな機能のほうは必死にそれを補おうととぎすまされて働いてくれている、というような気がする。――それゆえ、俺は俺の直感力だけは充分に信じてよいと思っている。それさえも信じられなくなったとしたら、もう俺は何を信じてよいかわからず、生きてゆくことさえも出来なくなってしまうだろうからな。――だが俺の直感力はまだあてに出来る。その直感が云っているのだ、――このあやしい黒魔道師の生首のいうことを、信用してはならぬぞ、とだ」

「やあれやれ！」

グラチウスは思いきり情けなさそうに溜息をついた。

「なんで、そんな妙なことを思いこんでしまったものか！　わしは、お前さんにとっては、唯一無二の味方とさえいっていいくらいに、よくしてやったときだってあったのだよ！　身を粉にして、おぬしのために働いたり、手を組んでおそるべき敵とともに戦ったり――それは、その、何回か、おぬしをおびきよせるためにつまらぬ術策を弄したり、いささかのその、手をつかったことがないとはいわぬがな。だが、それにしても、わしは基本的につねにお前さんには深い親しみをもっているし、それはつねに、おぬしのためによかれとのみ思っているものなのだよ！」

「なんとでもいうがいい」

そっけなくグインは云った。

「さあ、云いたいことがそれだけなら、もう消えてもらおう。俺は眠らねばならぬ。明日もまた、きびしい行軍に引き回されなくてはならぬのだからな」

「困ったことだ！　見れども見えず、というのは」

グラチウスはぶつぶついうと、ふいに、ぱっと生首がかき消えた。

と思うと、こんどは、どういうわけか、まことの——というか、彼のようなものの場合、何がまことの姿といっていいかわからなければ、彼がとっているつねのすがたの、半分ほどしかない、だが見かけは完全に普通の人間のかたちになって、つまりは生首だけではなく全身がついてはいるものの、その全体を半分に縮尺をかけられたようなすがたになって出現した。そして、ちょこちょことグインに近づいてきた。

「近づくな」

するどくグインが云う。グラチウスは小さなしわぶかい手を振って、安心させるようにうなづきかけた。

「ちょっと、おぬしを楽にしてやりたいだけだよ。——そんなに、近づくのが心配なら、ここからちょっとこうするだけでもよかろう」

てのひらをこちらにむけてさしだし、ちょっと何もない空をなでさするようにする。

グインは難しい顔をしたが、すぐに低く唸った。

「俺に何をした？」

「楽になるよう、ちょっと《気》を送り込んでやっただけだよ。心配するな」

グラチウスがなだめるように——というより、たぶらかすように云った。

「どうじゃな？　痛んでいた傷も、しびれていた腕も、元通りになったじゃろ？　そのかわりに、力がみなぎってきただろう？」

「——確かに」

不承不承、グインは認めた。

「ますます、あやしげなことをする老人だ。だがそのようにしておのれの力を誇示してみせればみせるほど、俺はおぬしを疑うだけだぞ」

「べつだん記憶を失ったからというでなく、おぬしはもともとそのように猜疑心が強かったよ、もとからな」

グラチウスは反抗的にいった。

「まあいい。だがおぬしがまた、明日の朝になったらまったく元気をとりもどし、さんざんに鞭打った傷までもほとんど癒えてしまっているとわかったら、あのイシュトヴァーンはなんというかな。あやつこそ、おぬしの何層倍も猜疑心が強く、いや、それどころか、猜疑心のかたまりのような男だ。おぬしがまた、そのように見せかけてかげで何をしているか、誰と結び、どんなおぞましい騙しの手を使おうとしているか、知れたものではない、というように、彼ならば考えるであろうよ。そうしたら、また、おぬしをともかくも拷問してでも、《本当のこと》を——彼の取り付かれているありもしない《真実》を吐かせようとやっきになるのではないのかな」

「なぜ、彼はあのようになったのだ？」

つりこまれたようにグインはたずねた。

「もともと、彼はあのように猜疑心が強く、不信感に取り付かれていたのか？　俺にはわからぬが、なんとはなく、決してそんなことはなかったのではないか、というような気がする。——もとより、かつての彼がどのような若者であったのかは俺には知る術もないのだが、なんとなく、いまの彼を見ていても、また、彼の部下がちらりともらした話をきいても、どうも、彼があのように残酷に、無慈悲に、またひどく不信感に身をよろうようになったのは、それほど以前からではないように思われる。いまの俺にはたいしていろいろなことはわからぬはずだが、それでも、もしも彼がもともとそのような人間であったのならば、このようなきびしい僻地の危険にみちた遠征に、あのように大勢の兵士たちが、すすんでついてきて、いのちを全うして故郷に戻れるかどうかもわからぬきびしく不便な遠征をさしたる不平も言わずに耐えてはおらぬような気がする。——

むろん、恐怖によって押さえつける、ということはあるのだろうが、それは、決してよい結果を生むまいと俺は思う。……彼の兵士たちは、彼をおそれてはいても、嫌ってはおらぬ。むしろ、彼に近いものほど、彼を崇拝し、畏敬を払っているように、俺には思われたのだが」

「確かにな」

小人のように小さくなったグラチウスはちょこちょことグインの前にきて、ひょいと空中に目にみえぬ椅子でもあるかのように腰をかけて、答えた。

「確かにもともとは、彼はなかなか人好きのする若者だったたし、陽気だったたし、それになかなか、野望にみちていて魅力的だったものだよ。もともと身勝手でもあれば客気もあったたし、野心家でもあったたし、その意味では後ろ暗いこともおおいにしたが、それでも、それをおぎなってあまりあるほどの何か――まあ、ひとことでいえば《魅力》ということになるのかな。それが、彼にはあった。それは確かなことだ」

「その片鱗は確かにいまもなおあると俺は思う」

グインは考えこみながら云った。

「俺にはわからぬが――何か、彼がそうなるについては……つまり、いまのように狷介に、物騒に――無慈悲になるについては、そうなるべき大きな理由があったのか？　彼は何回か、それをあたかも、この《俺》にかかわりがあること、というように口にした。

むろん彼のいったそれを俺は思い出すことが出来ぬ。彼の求めた援助を俺がはねつけたようなことがあった、というようなことを彼は云ったと思うが——俺にはまったくわからぬが、そのようなことがあって、それが彼にはそれほどに大きな衝撃であり、いたであったのだろうか？　俺は、いまだ何も彼とのかかわりについて思い出すことは出来ぬのだが、最初に彼の名前、ゴーラ王イシュトヴァーンの名をきいたときの衝撃はいまでも覚えている。それは異様なものだった……あえていうなら、そのとき、その名が俺の胸にひきおこした最初の衝動は《慚愧》にたえぬ、という思いだったものだ。それが、いまだに俺には不思議でならぬ。……俺はまるで、彼の堕落——といっていいのかどうかわからぬが、彼の変貌について、おのれになかばの責任があるように感じているような感じがする。これは、どういうことなのだ？　そのくらいは、おぬしに聞いてみてもかまわぬだろう。おぬしはそれをも知っているのだろうな？」

「わしの知らぬことなどない、といっておろうが。わしはなんでも知っておるんだよ、何でもな！」

グラチウスはにんまりと笑った。

「そう、おぬしは何回か、ヴァラキアのイシュトヴァーンに対しては、酷い仕打ちを——あるいは、相手からは、酷い仕打ちと感じられるようなことをしている、かもしれんな。だが、わしからみたら、それはもう当然のこと、というか、そうするよりしかたのなかったようなことにすぎんよ！　いや、もしもあそこで、おぬしがイシュトヴァーンのいうことをきいて、イシュトヴァーンの右腕になっていたりしたらそれこそ、イシュトヴァーン自身にどんな悪運、滅びをもたらしていたか知れたものではない。おぬしは、あの若造に臣下の礼をとるような器ではないし、また、おぬしがそのようになったとしたら、それこそ、イシュトヴァーンそのものが、どうそれを受け止めることもできずに早晩自滅していたろうよ。おぬしよりずっとそのような巨大な運命を背負っていたわけでもないカメロン提督でさえ、彼は受け止めることができず、不信感にとらわれることになったのだからな。もともと、彼はきわめて嫉妬深い、猜疑心の強い性格ではある。もともと父母を知らず、深い愛情によって支えられることもなくおのれひとりの力を頼りに切り抜けてなんとか人となった男だからな。そのわりにうぶなところも、ひとのいいところも残していたから、魅力があったわけだが——それにしても、おおもとで信じられている、愛されているという確信を持つことのできぬ人間は弱い。——彼は、カメロンのような傑物に、そうまで無条件で愛してもらえるほど、おのれに価値がある、と感じることがついに出来なかったのだよ。まだしも、カメロンが彼の身体をでも求めたとしたら、そういうことかと得心することができたし、そのつもりで接することが出来ただろうが——彼がもっとも困惑するものこそが、まさしく『無償の親の愛』というやつであり——気の毒なことに、もっとも彼が求めてやまぬものこそがまた、その『無償の愛』というやつなのだがな。——彼は、ずっと狂うほどに欲しがっていながら、いざ求めていたものを手にしたときにはそれをどうしていいかわからず、結局壊してしまうおろかな大きな幼児のようなものなのだ。いや、ようなものじゃない、そのものなのだよ」

「ふむぅ……」

グインは考えこんだ。グラチウスは、グインが素直に彼のことばに耳を傾けていることが妙に嬉しそうであった。

「そう、だから、彼はモンゴール大公アムネリスをも、愛するかわりに自分を憎むように仕向けてやっとほっとしたような心境を味わったことだろう。カメロンが、アムネリスと密通しているのではないか、あの不幸な赤児ドリアンは本当はアムネリスとカメロンが通じて出来た子ではないか——本当は、誰もかれもがおのれを裏切っているのではないか、その恐怖心で、彼はがんじがらめになっている。だからこそ彼はイシュタールをこよなく愛していながら、イシュタールをあとにしては遠征に出ずにはいられない。ずっとイシュタールにいれば、そこへの愛着そのもののゆえに、自分がイシュタールに裏切られるような恐怖をつのらせてしまうのだろうな、彼は」

「不幸な男だな」

というのがグインの感想であった。

「不幸な男！　まったくだよ。まったくそのとおりだ」

グラチウスは小さな手を打ち合わせた。

2

相変わらず、あたりはひっそりと静まりかえっていた。少なくともこのあたりには、グラチウスの結界がきっちりと張り巡らされて、邪魔されることからこの場を守っていたのだろう。グインはそのようなことは知るすべもなかったが、なんとなく、この静寂がつねならぬものであることだけは薄々感じていた。

「だが、おぬしのせいでその不幸がことさらつのったというわけでもない。ただ、おぬしがその不幸のひとつでなかったわけでもない。——彼はいま、ひっきりなしに心が揺れ動いている。まるで、何人もの彼がいるかのように、信じたい気持と信じられぬ気持、信じたくない気持と信じてはいけないと制する気持、信じている気持とすべてに背中を向けた気持がしょっちゅう入れ替わって不安におののいている。——おぬしはかつて、まだ傭兵として二人で最初にケイロニアの都サイロンに訪れたとき、イシュトヴァーンがおのれとともにおのれの野望を実現するための参謀となってくれ、と土下座して頼んだのをにべもなく断った。そのことを、イシュトヴァーンはずっと恨んでいるというのだが、本当はそれよりもはるかに、おぬしが、あの吟遊詩人の愉快なひばりに親切にしたことを気にしているんだよ。べつだん、おぬしがルブリウスの徒だと思っているわけでもないし、もしそうだったらおのれのからだを張っておぬしをつなぎとめよう、などと思っているわけでもないのだが、それでも、おのれよりも、ほかの人間を、自分が心にかけている人間がちょっとでも大切に思っている——自分自身のほうが、誰かよりも優先順位が低い、などということが、彼にはとうてい許しておくことができないのだ。

——それに、おぬしはそのあとも、また、彼を……いわば引っ張りまわすような結果になった。おぬしはまた、彼の前で、つねに、圧倒的におぬしのほうが優勢であること——個人的な戦士としても、一軍をひきいた司令官としても、王としても、政治家としても、手腕がすぐれてることをたえず見せつけて、しかもそれでそのまま彼を放り出すようなことを繰り返した。——わしにいわせれば、本当はあの一騎打ちのときに、彼ののどをかっさばいてしまってやったほうが、彼のためにはよかったのさ。——だがおぬしは剣をひいた。いつだっておぬしは剣をひく。しかも、その剣をひいたことで、おぬしは恨みをかうことになる。まったく、損な人間さね」

「何のことだか、まったく俺にはわからぬが」

仏頂面でグインはいった。

「ともかく、俺と彼とのあいだには、何回かの確執があった——そして、その結果として、彼は俺にたいして、常とは違ううらみつらみをも内に持ち続けており、しかもこのたびの——俺の脱走が、それにまた駄目押しをしてしまった、ということなのだな？　そういうことなのだろう？」

「まあ、その通りだな」

グラチウスは答えた。

「だから、だね、豹頭王よ。わしの申し出というのはこのとおりだ。——おぬしは、なるべく早いうちにこのゴーラ軍から再び逃亡することだ。もしもあのハラス坊やが気になる、おぬしがもう一度置き去りにでもしたら、今度こそ責め殺されてしまうだろうというのが気になるんだったら、しょうがない、一緒に連れていってやってもいいさ。そのくらいの力はわしにはあるからな。だが、とにかく、なるべく早くすることだよ。それに、この森には、とどまっていないほうがいい。この森には、よくないことがいろいろとおこる。なにせ、名だたるルードの森だからな。——グールもいれば、死霊もいる。もともとが呪われた土地柄なのだ」

グラチウスが云ったときだった。

ふいにぐらぐらと大地がまるで嘲笑うように揺れ動いた。グインでさえ、ぎょっとした顔をした。

「なんだ、これは？　地震にしては妙な揺れかただな？」

グラチウスはフクロウのようにそらとぼけた顔で答えた。

「何かあったかね?」

「わしゃ、空中に浮かんでいたせいかな、何ひとつ感じなかったよ。——何も気にすることはない。疲れていて、めまいがするんだろう、おぬしは。めまいだよ、めまい。……じゃからな、とにかくおぬしは、わしとともにこのルードの森を早々に抜け出すことだよ。それについては、わしが全面的に力を貸してやる。わしの力についても忘れてはおるだろうが、もともとあのノスフェラスで、《グル・ヌー》にゆくために、わしがあんなに幻の舟だの、なんだので、骨折って連れてってやったのだよ。そのくらいの力はわしにはある。——ともかく、おぬしがここで、イシュトヴァーンの妄執につきあっていたところで、何にもならんし、むしろ、いっそうイシュトヴァーンの病気をあおりたてるだけの話だとわしは思うよ。おぬしが目の前にいるというだけで、イシュトヴァーンは、さまざまなおぬしとの確執や、またほかの人間たちとの確執のことをひっきりなしに連想をかきたてられて、苛々するし、気が立つし、またあれやこれやと考えすぎてしまうのだ。だが、おぬしが逃亡してしまえば、怒り狂いつつも、かえって内心はほっとするだろうさ。あいつは不幸な人間だ。手にいれると、それを壊したくなる。手に入らないと手に入れたくなる。だが、また、目の前にあって手に入らないとなると、それこそ半狂乱になってしまうのさ」

「俺はもう彼から逃げ出すことはしまい、と彼に云ったのだが」

「それは、間違いだよ、豹頭王よ、それは間違いというものだ！　ああいう病気にとりつかれた男に対して一番親切なのは、遠ざかって、近づかないでやることさ。そうすれば、ひとりであれこれ思い悩みはするだろうが、何もそれ以上にまたあれこれと混乱する種は増やさずにすむだろうからな」

「俺は、もうお前から逃げ出すことはせぬ、と、イシュトヴァーンに云ったのだ」

グインはもう一度つよく云った。

「俺は、俺の間違った判断のせいで、ハラスの仲間たち、罪もない女子供までもイシュトヴァーンに惨殺させるという罪作りを招いてしまった。それを悔いるがゆえに、俺はもうここから逃げることはせぬ、連れてゆきたければ、イシュタールへでも、そこの地下牢へでも連れてゆくがいい、と云ったのだ。二言を持とうとは思わぬ」

「それは、おぬしはそういうかもしれんが――だから、そりゃ、間違いというものだよ」

グラチウスは食い下がった。

「そもそもハラスたちの一味のことにしたって、なにもお前さんのせいでなんかありゃしない。どちらにせよ、イシュトヴァーンはあいつらを逃がすつもりなんぞなかったのだ。最初に、あんたがハラスたちの助命とひきかえに、投降したとき、イシュトヴァーンはハラスたちの武装解除しておもだった顔ぶれを拘束すると同時に、別の部下の小隊に、ケス河畔に取り残されるハラスの部下たちとその家族たちを見張るように命じて河畔に残らせた。あいつは、最初から、いずれはあの連中をみなとらえるか、殺すか、どちらにしても処分してしまうつもりだったんだ。——あんたが逃亡したから、その時期が早まっただけだよ。それに、ハラスがあいつらのところまでなんとか逃げるまで泳がせておいて、見張りに残していた部下たちから合図をよこさせ、それで一気に掃討した。残虐なやり口だが、わしには、ある意味、納得はできぬわけではないよ。あの連中をそのままにして、処罰もせず、掃討もせずにケス河畔に残してゆけば、それを目当てにしてまたトーラス周辺からの脱走者や合流者が出るだろう。そうすれば、最終的には、それが、たとえばスタフォロス城址だの、アルヴォンだのに集まって近在の自由開拓民の子弟らも集め、辺境警備隊のものたちをもかたらい——どちらにせよ、かれらはみなモンゴールの民なのだからな。そのうちに、それが、反ゴーラの大勢力の拠点となるかもしれぬ。わしがもし、イシュトヴァーンであれば、やはり、かれらのことは掃討するよ。非情といわれようが、鬼といわれようが、それが、施政者——まして、おのれの若い国を作ったばかりの必死の施政者にとっては当然の行動ではないかな」

「………」

「不服か。——だが、それは本当なのだよ。かれらは、どちらにせよ、ゴーラに叛旗をひるがえした時点でおのれの運命を選んでいたのだ」

「あの中には女子供もいた」

グインはむっつりと云った。

「かれらには、ゴーラへの反乱軍に加わることなど、しようと思っても出来なかったはずだ。――その者達、非戦闘員まで殺害したのは、やはり俺には、イシュトヴァーンの非情とやりすぎにしか思えん」

「おぬしは、妙なところで情深すぎるのだよ、グイン」

グラチウスは首をふった。

「まあこれまでは、おぬしのその情深さがよいほうにしか作用しないできたからな。だが、このさき、おぬしが本当のケイロニアの支配者になってゆくためには、恐しく非情になったり、どうしてもどちらかを選んで、片方を助け、片方を見捨てなくてはならぬときもきっと来るよ。――その意味では、やはり、おぬしは甘いのさ、豹頭王よ」

「何といわれようとかまわん」

グインはけわしく答えた。

「俺には俺のやり方しか出来ぬし、それを甘いといわれたところで、イシュトヴァーンのようなことはしたいとも思わぬ。彼がもともとはああではなかったらしいということもわかったし、それがそのように非情に変貌した理由の一端には、俺の行動もあったのかもしれぬ、ということもわかった。だが、それとこれとは別だ。——俺は、あの彼のやりかたにはまったく賛成も共感も出来ぬし、もしもその場所に俺が自由の身でいれば、俺は殺されるものたちを守るために戦うと思う。それが、俺の本能が告げる正しいことだ」

「相変わらずだな」

グラチウスははぐらかすように笑った。

「まあいい。それについては、わしは、イシュトヴァーンの肩をもっておぬしと議論を戦わすつもりなんぞないのだからな。だが、それとは別に、とにかくこのままではどうにもならんだろう、ということだけは確かだよ。なあ、わしのいうことをきいて、わしとここから逃げることにうんといってくれぬかな。ハラスも一緒でかまわぬし、何だったらハラスはゆきたいというところに送り届けてやってもいいよ、わしにゃ、あの坊やに用などないでな。だが、おぬしは……ここにいてはならぬのだよ。ここにいては、具合の悪いことがおこるのだよ」

「ここ、というのはどこだ。ルードの森のことか」

「でもあるし……イシュトヴァーン軍のことでもある。イシュトヴァーンの虜囚としておぬしがゴーラにゆき、イシュタールに幽閉されたりしたら、それこそ中原は蜂の巣をつついたような騒ぎになる——ケイロニアとゴーラは全面戦争に突入することになる。

ケイロニアは、この数百年してこなかったこと――あの強大な軍事大国のすべてをかけて、総力をあげて、皇帝の愛する世継の王を取り戻そうとするだろう。場合によってはゴーラ殲滅をも辞さぬ、というところまでもゆくだろうさ。いまのアキレウス帝にとっても、ケイロニアにとっても、おぬしこそは、もっとも大切な存在なのだからな」

「世継の王、などという話はきいてないぞ。俺は、ケイロニア皇帝の娘婿で、皇位の継承権はないのだろう」

「そんなものはいずれかわるさ。まして世継の皇女はあのような状態だ――わしは、いずれ、大帝が最終的な決断を下すだろうと確信しているよ。どちらにせよ、女帝がいて、その補佐役におぬしをおくよりは、アキレウス帝は最初の最初から、おぬしに次代のケイロニア皇帝になってほしいのだ。あるいはせめて、おぬしと皇女とのあいだの息子を次代の皇帝にたて、おぬしにしっかりとその後見をつとめてもらうか――いずれにせよ、アキレウス帝は、シルヴィア皇女に女帝をつがせる意志はいまはもうないし、またあったとしても、選帝侯会議がすべて大反対をするだろうよ」

「どうしてだ。それは」

グインはかすかに目を細めてきいた。グラチウスはずるそうにグインを見つめた。

「彼女は、あまりにも、アキレウス皇帝の世継の皇女にも、栄光あるケイロニア王の王妃にもふさわしい行動が出来ぬからだよ」

「——それは、どういうことだ」

グインはまた目をほそめた。だが、グラチウスが口を開く前に、彼はかぶりをふった。

「いや、いい。そのような重大なことは、ひとづてに聞くようなことではない。もしも何か問題があるのだとしたら、俺がこの目で確かめればいいことだ。それに俺にとっては、どのみちそうしたことすべては言葉、ただ知識として伝えられるだけのことでしかない。——俺が何がまことか判断する材料を持たぬ以上、ひとは俺にどのような毒をでも注ぎ込めるのだ。だから、俺は、証拠のないうちはすべてを知らぬままでいたほうがむしろいいと思っている」

「それは賢い判断だと思うね。ヒョヒョヒョヒョヒョ」

グラチウスはまた妙な声を出して笑った。

「まあよい。ならば、それはそれでいいとしよう。だが、いずれにせよ、ケイロニアはおぬしを取り戻すためにいまや大遠征軍を送り込んできている。その遠征軍は順当に北上し、格好の道案内人を得たゆえもあって、いまやサンガラの山地も無事こえて、自由国境ぞいにではあるが、ゴラーナ、アリーナのあたりまでも迫ってきている。その遠征軍こそは、ケイロニアがおぬしを救出するすべての望みをかけてつかわしたものなのだよ。そして、当初南下してトーラスを目指す予定だったこのゴーラ軍は、おぬしを再度とらえたことで予定を大幅に変更し、進路を西にかえ、まもなくルードの森林地帯をぬけてユラ山地をこえ、ユラスの砦から――そうさな、いったんアルバタナで赤い街道の主街道に出てから、ナント、アルセイス経由でイシュタールへ戻るか、それともそれはやや遠回りになるので、いっそ脇街道を通ってまっすぐゴラーナまで西に直進し、それから南下してイシュタールをめざすか――いずれにせよ、トーラスに戻っていればきわめて交差は難しかったであろう、両軍の進軍ルートは、ここにきて大幅に、どこかで激突する可能性が出てきた。――おまけに……」

ちょっと、奇妙な目つきで、グラチウスが笑った。

「誰か、その――ゴーラ軍の進行状況について、ケイロニア遠征軍に親切に教えてやるものがいれば――ケイロニア軍は当然、目の色をかえて――イシュタールに向かう前になんとかして、わが王を奪還しようとしゃにむに速度をあげるだろう。イシュタールに入られてしまえば、ことはもはや、全面戦争か外交問題か――いずれにせよ、ただではすまぬでな。この深い森の中、山の中での出来事ならば、まだ、それこそ力と力の激突でもすめば、誰も知らぬひそかな交渉でもすむ。……このままゆけば、ナントとユラスのあいだあたりの山中で、ケイロニア軍はゴーラ軍に追いつくか、それとも……」

「まるで、それを面白がってでもいるようだな、お前は」

グインは厳しく云った。

「その、親切に教えてやる者というのも当然おぬしのことなのだろう。いったい、おぬしは何を目的としているのだ？　いったい、なぜ、そのようにうろんに出現して、いろいろと画策しようとするのだ？」

「わしはただ、ケイロニアの豹頭王グインに幸せでいてほしいだけの話だよ！」

面白そうに、グラチウスは云った。

「それだけの話、なんだって他意なんかあるものかね。それに、とにかく、わしの希望をいえば、最大の望みは、なんでもいいから、一刻も早くおぬしに、記憶を取り戻してほしいんだよ。全部でなくてもいい、半分程度でもいいから」

「なんだと。俺の記憶と、お前と何のかかわりがあるというのだ」

「それも、思い出してみれば、一目瞭然というものさ」

グラチウスはずるそうに云った。

「わしがおぬしにとってどのような存在だったか、そしてわしとおぬしが手を組んでどのように大事な、世界にとってもきわめて大切な計画を実現しようとしていたか――このの世界そのものの文明や科学の常識がすべて変わってしまうような、この世界そのものが大きく変革されてしまうような、そのようなたいへんな計画だよ。それが出来れば、本当にこの世界の相そのものが変わってしまうはずだったのだ。そして、まさにその秘密に手が届きかけた――いや、届いたところで、おぬしはすべての記憶を失ってしまった。それが何よりもわしには痛恨のきわみでな。それだから、何があってもおぬしにだけは無事でいてほしいし、記憶を無事に取り戻してほしいし、それに――」

ふいに、また、ぐらぐらと大地が揺れた。

今度の揺れは激しかった。グインは大きく目を見開いた。

「これは、どういうことだ？」

彼は厳しく云った。

「誰かがまるで、お前のいうことを信用するな、と警告しているかのようだぞ。……さきほども、お前がこのルードの森を呪われた場所だといったときに、ひどく不自然にこのように大地が揺れた。――これはどういうことだ。俺はもとより、こんな魔道のことだの、超自然のことだのはまったく理解できぬ。俺の知っている唯一のそのような存在は、あの大ガラスの魔女ザザと、そしてオオカミ王のウーラだけでしかないが――まさか、これは、かれらが……」

「あのような下っぱの妖魔どもになど、そんな力があるものかい」

グラチウスは嘲笑った。

「妖魔の女王が聞いて呆れる。おこがましくも黄昏の国の女王やら、ノスフェラスのオオカミ王だのを僭称しておるようだが、きゃつらはただの小物だよ。ただたまたま、おぬしとちょっとした引っかかりが出来たので、それをたくみに利用して力をつけようとしているだけだ。また事実、おぬしにかかわりあえば、多少なりともそれだけの力をもっている妖魔なら、おぬしのかたわらにいるだけでどんどん力をつけることが出来る。だからこそ、妖魔どもや黒魔道師たちが、こぞっておぬしを手にいれたがり、おぬしとの信頼関係を持ちたがり、おぬしのそばにいたがるだけのことさ。あいつらを信じてはならん。というより、もう、あいつらはルードの森のこんな深いところまではとうていやってこられんのだ。それだけの力しかないのだからな」

この、明らかな悪意にみちたことばに対して、グインは返事をしなかった。グラチウスはそのグインのようすを横目で見守りながら、なおもことばをついだ。

「まあいい。細かなことは気にすることはない、大体のところはわしにはようわかっておるからな。だがとにかく、一刻も早くルードの森を出ることだ。そしてケイロニア王救出軍と一緒になりさえすればもう何ひとつ悪いことはなくなる。救出にやってきたものたちは、おぬしにとってはもっともゆかり深い副官だの、おぬしを敬愛している若い将軍だの、そしてまた、おぬしがかつてなみなみならぬつながりのあった吟遊詩人だの――その顔を見さえしたら、おぬしはたいていの記憶は取り戻せるさ。だからこそ、こんなところで長居をしているひまなどない。とっとここを逃げ出して、ケイロニア軍と合流するためにユラ山地に抜け出そう。なに、イシュトヴァーン軍が追いかけてきても、こんどはわしがいる。なんとでもなるさ。ちゃんと、きゃつらをけむにまいて、おぬしをケイロニア王救出軍のもとまで届けてやるよ」

「だが……」

「なんだ。何を考えることがある。迷うことがある」

心外そうにグラチウスは叫んだ。

「あれほどおぬしは記憶を取り戻したがっていたではないか。——それに、おぬしはべつだん、イシュトヴァーンに義理立てして、彼から逃げないと云っていたわけではないのだろう。ただ、ハラスのことで負い目を感じていただけなんだろう。——だったら、だから、ハラスもともに連れて逃げてやる、といっているのさ。この上、おぬしにとって好都合な申し出というのがあると思うか？」

「だから、気になるのだ」

グインはむんずりと答えた。

「いったい、そこまでして、お前はそもそも何を得るのだ？　それがどうも、あのセムの村でも、俺の記憶を直してやろう、そのためにいますぐ中原に一緒にゆこう、とせきたてるおぬしのことばに何故か乗り切れぬものを感じた最大の理由だった。おぬしは、なんだかうさんくさい。——それも、なにやら、いかにも下心がありそうにうさんくさい。いや、もしかしたらそれは俺の考えすぎで、おぬしは本当に善意で、俺によくしてくれようとしているのかもしれん。だが、だとしたら——」

グインは考えた。

「なぜこのように何かがひっかかる感じがするのかと思えば、結局のところは……俺は、そのようにして、ひとにいろいろな行動について決められるというのが性に合わぬのだと思う。おぬしは、あれこれ、考えては、俺のためによきように、という。だが、ひとというのはそれほど、ひとのためによきようにだけなど、するものではないのではないか？　ひとというのはもっと利己的な——何か、おのれにとって都合のいいことがなくては、そのようによくしてくれようとはせぬものなのではないか？　どうもそれが俺には引っかかってならぬ。こういっては気の毒だけれどもな、グラチウス。——そもそも最初にセムの村にあらわれたときから、おぬしはなんとかして、俺に、自分が味方であること、他意がないこと、俺のためになろうとしていること、をずっと信じさせようとし続けた。それがどうも気にひっかかってならぬのだ。俺は、そんなに都合よく助けてもらえなくても別にかまわぬ。まだ俺の中でいろいろなものごとが納得いっていないあいだに、知識だけ詰め込まれても俺の記憶は戻らぬ。いや、むしろ、知識を詰め込まれれば詰め込まれるほど、俺は混乱し、どれが本当で、何が嘘なのかわからぬようになってゆく。——だからこそ、俺は、自分の頭でしっかりとものごとを考え、自分だけの目で見極めなくてはならんのだが——おぬしは、俺にそのいとまを与えようとせぬ、それが俺には気になってならぬのだ」

「ひまなど、ともかくここを抜け出してからいくらでも作ればいいではないか」

グラチウスはいっそう愛想よく云った。

「ともかく、朝になればまたイシュトヴァーンがおぬしを呼びによこす。さっき様子をみたら、あいつはあいつで、何か恐しく考えこんで、ああでもないこうでもないとまた考えすぎたり勘ぐったりしていたようだったからな。――だから、とにかく、いまのうちだよ。見通しのいい場所に出てしまえば、逃げるのも困難になるし、ましてや赤い街道に出れば、アルバタナの勢力範囲に出れば、アルセイスが近くなれば、そしてイシュタールに入ってしまえば――どんどん逃げるのが大変になり、困難になる。そうなる前に、逃げ出すことだ、グイン。悪いことは云わない。ともかくまず、わしと逃げてから考えればいいではないか」

「それは……」

グインが答えかけたときだった。

(そやつの云うことを、聞いてはならんぞ。ケイロニアの豹頭王よ！)

重々しい心話が、グインの頭のなかで鳴り響いたのだ。

3

（誰だ？）

グインはすでに、ウーラやザザとのやりとりで、かなり心話のコツをつかんでいた。グラチウスに、心話が入ってきたことを知られぬよう、おもてむきはべつだん何もなかったかのように、思念をこらした。

が、グラチウスには、そのグインの思念は、口に出されたのとほぼ同様に何の苦もなくききとられたようだった。

「おお」

彼はイヤな顔をして思い切り顔をしかめた。と同時に、そのままではどうにもならぬと思ったのか、ひょいとそのまま上に伸びて、ごく普通の、グインより少し背が低いくらいの身長に戻った。全体の大きさ以外のものはすべてそのままであったが。

「出おったな。――どうせいずれ出しゃばってくるだろうとは思ったのだ。豹頭王よ、こやつのいうことこそ、聞くことはないぞ。こいつはもっともらしいことは云うが、いろいろとかげひなたのあるあやしい魔道師だからな」

「それは、どちらのことだ？　〈闇の司祭〉グラチウス」

心話とも、口に出されたことばともすでに区別のつかぬ声がふってきた。そして、ふいに、目の前に、もやもやと白いかたまりのようなものが生まれ出たかと思うと、それは、一見するとグラチウスと同じほどに年取った、同じような白い道服を身にまとった白髯の老人のすがたになった。

まとっている服も、白髯も、年かっこうも同じように見えるとはいいながら、じっさいにあらわれてきた老人のその顔かたちや、みかけはずいぶんと互いに異なっていた。グラチウスのほうは髪の毛はゆたかで、ただ真っ白の長い髪をうしろでひとつにたばね、そして首からさまざまなまじない紐だの、まじない玉だのをじゃらじゃらとつらねたものをかけたりしていたが、いまあらわれてきた老人は、もっとずっと、あえていうなら気品のありそうな顔をしていたし、首からは、巨大な水晶の鏡を革ひもにつないだものをひとつかけているだけだった。腰には、革ひもをいくえにもたばねたような帯をまきつけて、上から、白い毛皮の袖なしの上着を羽織り、持っている杖はグラチウスの持っている、まるで運命神ヤーンのそれのような重々しげな、まがりくねった杖よりもずいぶん短い、てっぺんに小さな球と、そこからはえている小さな羽根が刻まれている黒檀の杖であった。

ひたいは聡明さを示すように広くはげあがり、うしろに髪の毛を肩のあたりまでのばしている。これ以上痩せられぬほど痩せて、骸骨に皮を張ったように見えたが、その顔は叡智と高潔さとに輝いて見えた。その光の強い目が、さげすむようにグラチウスをねめつけた。

「こやつはつねにこうやって、おぬしのことを騙そうとしてきたのだ」

新来の魔道師――それ以外の何物でも、あろうはずがなかった――は、ゆっくりと重重しく口をひらいた。グインは目を細めた。

「――俺は、おぬしを、知っている……な?」

考えこみながら、グインは云った。

「これは、知り人だ、という気持がはっきりとする。――おぬしの見かけやいうことが、というよりも……おぬしのかたわらにいると発される何かの気が、なんとなく、俺の知っているものだと感じられる。――俺とおぬしは、かなり古い知り合いのようだな? 違うのか?」

「まったく、そのとおりだ、王よ。――《ドールに追われる男》魔道師イェライシャは、もう幾久しく、おぬしがケイロニアの豹頭王と呼ばれるよりずっと以前から、おぬしの友にして助言者であり、もっとも力強い味方でもあったと云ってよろしかろうかと」

「黙れ、黙れ」

怒ってグラチウスが地団駄をふんだ。

「きさまなどがこのようなところで出てくることはない。わしの張り巡らした結界をこ、けにして、ようもすました顔で出てきおったな。この木っ端魔道師め。いっときはわしにとらわれて五百年ものあいだ手も足も出なかったくせに」

「その苦しみから、わしを救い出してくれたのが、おぬしであったのだよ、豹頭王よ」

グラチウスの憤慨にははなもひっかけずに、イェライシャは飄々と笑った。

「確かにわしは、ドール教団を作り上げたこのおぞましい、ドールに魂を売り渡した黒魔道師につかまり、とらえられ、深い地下牢に長い、長いあいだ監禁されていた。どうしても、おのれの力ではそこから抜け出すことが出来ぬ羽目に陥っていたわしを、わしの頼みを快くきいて救い出してくれたのがおぬしだ、グイン。それに深い恩義を感じて、わしはそれ以来、ずっとおぬしに対しては、つねにもっとも忠実な味方でありつづけたのだ」

「こいつは、嘘をついてるのだ。グイン」

グラチウスが叫んだ。

「おぬしのもっとも忠実な味方であり、おぬしのことをもっとも案じているのはいつだってわし、〈闇の司祭〉グラチウスにほかならなかったのだぞ」

「おぬしはもう、どちらがまことであるか、とっくにわかっている——とわしは考えている」

イェライイシャは余裕のあるところを見せた。

「それゆえ、わしはこやつのように口汚く罵って、おのれの立場を守ろうとするようなことはせぬ。――おぬしはわしを思い出してくれたのだ。そうではないまでも、わしに覚えがあるといってくれた。それだけで、わしは、なおもひきつづき、おぬしのもっともよき友である義務があると思う。こやつは、ただおぬしの力に目をつけ、おぬしを利用しようとしつづけているだけのことだ。ずっとこやつはおぬしの潜在するおそるべき力とかかわりたくて、それをおのれのものにしたくてしたくてたまらなかったのだ」

「黙れ、いんちき魔道師め」

グラチウスはいっそういきりたった。

「お前などに何がわかる。《グル・ヌー》を目のあたりにしたこともないくせに、お前などに宇宙生成の黄金律の秘密がちょっとでも読み解けてたまるものか。お前など、豹頭王に近づいただけで溶けてしまうニセモノの黄金玉のようなものだ。とっとと消え失せるがいい。この、弱っちい木っ端魔道師め」

「消え失せるのは、お前のほうだぞ、グラチウス。このルードの森はこのイェライイシャの縄張りなのだ」

するどくイェライイシャが決めつけた。

　すると、不思議なことがおこった。くやしそうにイェライイシャをねめつけていたグラチウスが、ふいと、そのまま溶けこむように消滅してしまったのである。グインははっとしてあたりを見回した。まるで闇に吸い込まれたように、もうどこにもグラチウスの姿も、気配もなかった。

「グラチウス――？」

「案ずることはない」

　イェライイシャが面白そうに云った。そして、グインの前にすいと目にみえぬ椅子に腰をおろした。

「本来、きゃつはこのルードの森がこのイェライイシャの領域であることもよく知っている。だからこそ、一刻も早くルードの森から出よう、出ようとおぬしをたきつけてやまなかったのだ。ここにいればいずれはわしがあらわれてくるだろう――そのことはちゃんと知っているとも。そのようなことをわきまえぬグラチウスではない。だから、わしがあらわれる前におぬしを早く、ルードの森の外に移してしまおうと焦っていたのだよ、奴は」

「――イェライイシャ……ドールに追われる男、といったようだったな」

　興味深そうにじっとイェライイシャを眺めながら、グインは云った。

「ということは、しかし……ドールに追われているからには、おぬしは、ドールが悪魔だとすれば、ドールにもそれと反する正義の側だと認められているわけだ。……なんで、おぬしはドールに追われているのだ？」

「それは、話せばとてもとても長くなる。ケイロニアの豹頭王よ」

イェライシャは云った。

「それについてはいずれしみじみと話してやるときも来よう。また、このルードの森のような、本来魔境とされるところに、あえてわしがおのれの本拠地をかまえたその理由もな。――むろん、それは、わしをどこまでも執念をもやして追いかけてくる《彼》から逃れるためにほかならぬのだが」

「魔道師、妖魅、そしてまた魔道師か！」

グインはちょっと苦笑した。

「いったい俺の産み落とされたのはどのような世界のただなかだったのだ？　それにあまり驚かぬおのれ自身が俺には不思議だ。おそらくは、そうした怪異や変異がおこることに、ずっと馴れていたからこそなのだろうが……そうでなくば、もうちょっとは、心話だの、突然もやもやとあらわれてくるおぬしらのような魔道師だの、といった超常現象に、驚いたり、辟易したりしているはずだからな。だが俺は、まるで常日頃よく知っている出来事でもあるかのように、それを眺めている。ということは……この世界にはもともと、魔道というものはそれほど珍しいものだというわけでもないのだな？」

「というより……」

イェライシャは風のように笑った。

「おぬしの時がそれを刻んでいるあいだは、おぬしはその世界に属している、ということだな。——豹頭王よ、わしはおぬしに救われて以来、ずっと、おぬしが知らぬところでも、おぬしに対して忠誠を貫いてきた。そして、いつもおぬしの動静を心にかけて注目していたがゆえに、おぬしがこの世界そのものの運命をかけてノスフェラスにおもむいたことも——パロ、クリスタルの都のクリスタル・パレスの、ヤヌスの塔の地下なる古代機械によってノスフェラスにふたたび飛んだことも、そこでまた黒いよこしまな《気》が近づいてきたので、おそらくはグラチウスがあらわれたのだろうということも……そしてまた、そこに透明な、だがとても強力な魂魄があらわれたこともみな、遠くから、《気》の流れを観測して、知っておったよ。おぬしは、ノスフェラスで、《北の賢者》ロカンドラスに出会っただろう」

「《北の賢者》ロカンドラス」

グインは目を見開いた。

「なぜ、そのことを知っている。——魔道師どうしというものは、互いの動静のことをみな知っているものなのか？」

「みな、ではないな。だが少なくともわしは知っている——また、わしが知っているのも当然のことながら、おのれが興味をもち、知りたいと思っていることだけでしかない」

イェライシャは答えた。

「ロカンドラスはすでに入寂してからひさしい。そして、入寂することで逆にロカンドラスは、大きな力を得た。――生身を持っていては得ることのできぬ力だ。それによって、ロカンドラスはノスフェラスをいよいよ自由にかけめぐるを得たのだろう。だが、わしは生身だ。グラチウスもまた、あれほど頓狂にみえても、やはり生身だ。生身であるかぎり、魔道師の力には限界がある。――生きている魔道師より、死んだ魔道師のほうが百倍始末が悪いというのは、みなここのところだよ。……それはともあれ、おぬしは、《グル・ヌー》に――新しく生まれかわった《グル・ヌー》に行ったのか、グイン」

「お前のいうのが、あのわけのわからぬ白骨の粉で出来た気味の悪い平原のことなら、確かにいったが、もう二度と足を踏み入れたいとも思わぬし、そこにいって何かがわかったということもなかったな」

グインは肩をすくめた。

「あのようなところに何か、この世界のもっとも重大な秘密がひそんでいるといわれたところで、またあそこに戻りたいとは思わぬな。――あそこは、よくないところだった。

俺は、そのことをひどく強く感じていた。あそこにいるあいだじゅうだ。——《グル・ヌー》というのは、一体何なのだろう？　なんだか何もかもがあまりに謎めいていて……」

「いったんは、おぬしは、《グル・ヌー》の謎をもすべて知ったのだよ、豹頭王よ」

無念そうにイェライシャが云った。

「われわれ魔道師は白いのも黒いのも、おぬしが《グル・ヌー》のなかで何を見、何を知ったかを知るためだったら、ありとあらゆる報酬を支払っても惜しくはない、と考えるであろうよ。だが、世にも不思議な成り行きにより、おぬしは、《グル・ヌー》で経験したことへのすべての記憶と知識を失ってしまった。まるで、なにものか——より高き神が、この世界は、まだおぬしが知ったことを受け入れるには早すぎる、と判断して、おぬしからすべての記憶をかき消したが如くにな」

「何をいわれているのか、よくわかったとは云えぬ」

いくぶん不平そうにグインは答えた。

「なんだか、おぬしら魔道師たちというものは、基本的に油断ならぬ。なにやら、おのれだけで承知している事実を隠しておいて、あれやこれやとわけのわからぬことをいう。——俺の記憶をもとに戻してくれるすべを、おぬしは知っているというのか。それとも、それはたとえおぬしでも不可能なことなのか？——だが、あのグラチウスもロカンドラスもそうだったが、俺が記憶を失ったということも——それが、あのノスフェラスと、どうやらその《グル・ヌー》とやらにかかわりがあるらしい、ということも、どの魔道師たちもまるで自明の理のように知っているのだな。それも、あまり愉快なこととは云えぬが」

「まあ、魔道師などというものは、それが仕事のようなものなのでな」

なだめるようにイェライシャは答えた。

「そしておぬしの持っていたはずの秘密はあまりにも興味深く、魔道師すべてにとっては捨てておけぬ。それゆえ、どの魔道師も、おぬしの記憶を取り戻させようとやっきになるし、また、少なくともおぬしの信頼を得ようと画策している。おぬしの信頼を得れば、もしかして、おぬしが自力で記憶を取り戻したときに、そのおこぼれにあずかることも出来るかもしれぬでな。——だが、それはさておき、わしはおぬしの記憶の混乱についてはひとつの仮説を持っている。それについて話してやることだけは出来るのだが、聞いてみたいかな?」

「——まあ、聞いてみてもよかろう」

グインは考えこみながら云った。

「だが、記憶を回復させることは出来ぬのだな?」

「たぶん。いまの段階では、わしにも、グラチウスにも——また、この世でもっとも力のある魔道師、そんなものがいたとしての話だが、そういうものにも、それは不可能、というよりも、危険が大きすぎて、こころみる勇気のないようなことだろう。人間の脳については、まだそれほど多くは知られていない。心のはたらき、また、どこにどのようにはたらきかければ、頭がどのような作用をするか、というようなことについては魔道はとても詳しいのだが、そのおおもととなる、脳そのものの動きについては、もうひとつはっきりしているとは云えぬからな。そして、おぬしのその記憶の障害は、明らかに、精神的な混乱や原因によるものではなく、機能的な障害によるものだろう、ということだけがわしにはわかる。それゆえ、それは、何かのはずみでもとに戻るかもしれぬし、そうでないかもしれぬ。記憶を失う、というのはこの世でそれほどためしのないことでも、きわめて珍しいことということわけでもない、頭を強打したものなどが、その衝撃で記憶を失ってしまうということはよくあるのだが、おぬしの場合は……なんだか、すべての、頭の内容はあるままで、ただその整理がつかなくなってひどい混乱が引き起こされているように、これまでのところでは見えるな」

「――俺は、いったい、誰を信じたらいいのかと、ずっと長いあいだ考えていた。まあ、俺が目をさまして、おのれがなにもので、どうしてこのようなところにいるのかさえわからないのだ、ということを知ってからの話ゆえ、長いあいだといっても知れているが。……とにかく、教えてほしいのは、俺がどうしたらいいかでも、俺が何者であるかでもなく、俺はいったい、誰の言を信用すればいいのか、ということだけだった」

グインはなかば憮然とつぶやいた。

「それを教えてくれるのは、ただおのれの直感しかないし――その直感があっているのかどうか、ということについては何も手がかりもない。だがあのウーラとザザという二人の妖魔は信頼できる、という気持がしたし、いっぽうあの愉快な〈闇の司祭〉のほうは、どのように親切にしてくれようとしても、もうひとつ信用できぬ、という気がしてならなかった。――おぬしに対しては、俺は、(信用しても大丈夫だ)というような気がしている。これがもしも、俺の間違いだったら、俺は致命的な失策をおかすことになってしまうのかもしれぬが、そのときにはもう、それはそれでやむを得ぬ。――どうせ誰かを信用しなくてはならぬのなら、おぬしにしたい、というのが俺の考えだ。……おぬしは、俺について、もとからいろいろなことを知っているのだな？」

「何でも」

イェライシャはうけあった。

「われわれはアルセイスで出会った。いま、イシュトヴァーン王に征服されたゴーラで、首都の地位を新都イシュタールに奪われて失意の底にあるアルセイスでだよ。そのとき、おぬしは、旧ゴーラ三大公国の筆頭であるユラニア公国を攻める遠征軍をひきいて、おのれのあるじケイロニア皇帝アキレウスの命令を受けてユラニアまでをかけぬけ、アルセイスをほとんど戦わずして陥としてしまったあとだった。――わしはあのグラチウスのために、アルセイスのある地下牢に長いあいだ閉じこめられていた。――きゃつは、わしをそこに閉じこめ、わしの力を利用して、ユラニア公国をかげから操っていたのだ」

「かげから操っていた？」

グインはうろんそうに云った。

「では、あの老人は、やはりかなり悪党だ、ということか？　そんな単純なわけかたでは、とうていわけることのできぬようなものかもしれぬ、とは思うにせよだ」

「まあ、通常は、あの老人は、ドール教団という、悪魔神を主神としてあがめるおそるべき黒魔道の教団の開祖となり、さらに《暗黒魔道師連合》を名乗る、黒魔道師たちの統合をなしとげ、中原をおのれの制圧下におくべくユラニアを操り、おぬしの力を利用すべくおぬしのあるじの息女を誘拐してそれを餌におぬしをはるかなキタイまでおびき寄せ――そのほかにも、数知れぬほどの陰謀をめぐらし、悪事をはたらき、しかもおぬしを決してあきらめまいとしている極悪非道の黒魔道師である、とされているね。わしほど、詳しくはきゃつの罪状について知らぬものにも、やはり極悪非道だと思われているよ。――わしなどはもう、あやつのために五百年からのあいだ、ユラニアのアルセイスの地下深く封じ込められていたのだから、恨み骨髄というもので、いささか、不公平になるのそしりはまぬかれまいが、それもやむを得ぬだろうて。五百年、正確にいえば五百五十年というのはとてつもなく、長かったからな」

「本当に魔道師というのはそんなに長いこと、生きるものなのか」

グインはちょっと感心して首をふった。

「俺には想像もつかぬが。——だが、そうだな。おぬしの口にすることばは、ただの知識、という点ではほかのものがいうこととさして変わらないが、なんとなく、真実味をもって、俺の気持ちのなかに入ってくる。たぶん、真実なのだろう、おぬしは真実をありのままに語っているのだろう、と思わせるなにものかがある。——不思議なことだな」

「なんのことはない。それはただ、単にわしが、つねに真実をだけ語っているから、というだけのことさ」

イェライシャはおかしそうに云った。

「ひとというのは愚かな黒魔道師どもが思っているほど、愚かしくただちにたぶらかされるだけの存在ではない、ということだよ。世のつねの人は知らぬが、少なくともおぬしのような人間はなおのことだ。だから、わしは、おぬしをちょっとでも、だまそうだの、ごまかそうとはまったく微塵も思わぬ。そんなことをしても、とうてい無駄だろうからな。だから、わしは、おのれにわからぬことはわからぬという。おのれの知っていることは知っているという。――それだけが、おぬしに対して、わしが、長い古い友人、しかもあれだけの恩義を受けている友人として出来ることだとわしは思っているのだよ」

「ふむ……」

グインは一瞬、そのイェライシャのことばについて考えるように、目をとじていた。

それから、かっとトパーズ色の目を見開いた。

「ならば聞こう。――おぬしは、俺がこのように記憶を失うにいたったさまざまないきさつについても、またそこにいたるまでの俺の運命についても、ほとんどすべてを知っている、とほざいた。それをいま全部聞こうとは思わぬ、時間もないし、また、それを俺がこなしきれるとも思わぬからな。結局、問題はこの俺のほうだ。俺が、きいたことを、ちゃんと納得がゆくかどうか、ということだけだ。納得がいく、というか、おのれのなかで、ちゃんとしかるべく、おのれ自身の経験と感じることが出来るかどうか、だな。実感できなくては、いかに知識として、これまでの俺がどうあったか、誰は俺にとってどういう存在か、と教えられても、なかなかそれを受け入れられるものではない」

「それは確かに、記憶を失う、ということの最大の恐怖であるといえるだろう」

イェライシャは同意した。

「それは、それまでの連関性を失ってしまう、ということだ。失われるのは事実ではなくて、その連関性そのものだ。——事実をいかに、あとから埋め込んで満たしたところで、失われた絆が回復してゆくかどうか、それははなはだ疑問だ。グラチウスは、ともかくおのれの魔道でなんとかできるのではないか、と考えていたようだが、わしはそこまで楽観的になれぬ。おぬしはきわめて複雑な人格と頭脳を持っていた。記憶を失うにいたる前のことだな。それほどに複雑でするどい、優秀な頭脳であるからこそ、それがいったんその、つなぎとめる連関性を失う、というのはたいへんな悲劇だ。それを回復するのにいったいどのくらいの時間がかかるのか、そもそも回復することが可能なのかどうかさえも、わしにはわからぬ」

「そうか……」

グインはまた、ちょっとなにごとか考えた。

それから、思いきったように口をひらいた。

「では、聞かせてくれ。俺にはいま、それだけ判断する材料がおのれの中にない。あったとしてもそれが信じていいものかどうかわからぬ。——おぬしの意見をきいてみることにしよう。俺は、イシュタールにゆくべきか、ゆくべきではないのか？」

「行くべきではない、と思う」

イェライイシャの答えはいたって明瞭であった。

「絶対に、イシュタールにいってはならぬ、とさえ断言できる。——理由は簡単、もしイシュタールにおぬしを連れて入ったとしたら、それはますます、イシュトヴァーン・ゴーラの苦しみと滅亡を早めるだけの役割しかしないだろうからだ」

4

「ゴーラの苦しみと滅亡……」

一瞬、ぎくりとしたようにグインは云った。「ゴーラは滅びに瀕している、ということか？ それは、魔道師の予言なのか？ それとも、現状についてのただの判断なのか？ 何か、そのような事実があるのか？」

「というより、これはべつだん魔道師の叡智を必要とはすまいさ」

イェライシャは苦笑して答えた。

「もしも、いまの窮地から、ゴーラが脱しうるとしたら、それは、イシュトヴァーンがいますぐにモンゴールの反乱をおさめる方法を思いつき、それを実行して、そしてただちにイシュタールに戻ってゴーラ国内の体制を立て直す以外にないだろうよ。――もっとも、それは実は簡単なことなのだがな。イシュトヴァーンのほうから折れて出てアムネリスの死に対しておのれの非を認め、遺児ドリアン公子を正式にモンゴール大公として擁立し――つまりはモンゴールの独立とはいわぬまでも、半独立をさえ認めてやればいいのだから。だが、それは、いまのイシュトヴァーンにとっては、おのれの全面的な敗北を認めることになる。実行は難しいだろうな」

「ゴーラはいま、そのように困難な状態にある、ということか」

「じっさいには国家として機能している、とは云えぬ状態だからな。ただイシュトヴァーンは、最初に全力をそそいで新都イシュタールを完成し、そこにさまざまな経済や商業などの拠点を全部移した。もともとその前からユラニアは国家としては相当に衰退し、疲弊して、機能していないような状態にあったからこそ、イシュトヴァーンの征服を受け入れ、それに活路を求めようとしたのだ。イシュトヴァーンはある意味では、ユラニアを救済したといってもいい。それに、かなり強力なゴーラ軍を編成し得たことで、軍事的な背景だけは少なくとも成立させた。いまイシュトヴァーンが持っている最大の武器は、彼に私淑し、彼を崇拝しているゴーラ軍数万の兵士たちだけだ。ほかには大したものはない——だが、それも、このままイシュトヴァーンが遠征の途上にずっとあれば、日をおってあやしくなってゆくだろう。イシュトヴァーンが連れてきて、遠征に疲れはててきたものたちにせよ、イシュタールやアルセイスに残されて、この先のこの国のゆくえに不安を抱くものたちにせよな」

「なるほど……」

「もともとイシュトヴァーンが編成した軍勢はきわめて若かった。だから、これ以上ひどいことにはなりようもあるまいと、希望をもってついてきたのだ。だが、おぬしがいれば——まともに扱われれば、ひとはまともに扱われることを知ってしまう。そしてそののちは、まともに扱われることを要求するようになる。これはなかなか難しい問題だがね。——いずれにせよ、しかし、おぬしがイシュタールに入ればイシュトヴァーン・ゴーラは終わるだろう。それもあまり長いことたたずに崩壊することになろう。いまイシュタールには宰相としてカメロンが国を守っている。カメロンはあくまでもイシュトヴァーンに忠実たろうとはするだろうが、イシュトヴァーンのさまざまな行動や無法、残虐行為については、本来、非常に性があわぬのをこらえている。カメロンは剛毅だが穏健でまっとうな常識的な人物だ。イシュトヴァーンがまき散らす死と血潮と破壊の炎は本来、どうしても好きにはなれぬのだよ、あの男は」

「それは興味ある話だが……」

グインはまた考えた。

「だが、あまり際限なく時間があるわけでもないし、また、俺自身がさきに言ったとおり、どこまで、きいたことをこなせるかどうか、という問題もある。——もっと、俺の知りたいことだけ教えてもらうことにしよう。俺は——どこにいったらいいと思う、イエライイシャ。俺は当初パロの女王リンダという、きわめて俺の記憶にひっかかったことばを求めて、パロという国を探してそこにおもむくつもりだった。ここから、遠くはないのだろう」

「パロはケイロニアの隣国だよ。南側の」

「だがグラチウスは、このすぐ近く――というほどではないにせよ、いずれ近くに、ケイロニアからの、俺の救援軍がやってきていて、それと合流し、一刻もはやくケイロニアに戻るべきだ、というようなことをすすめていた。彼としては、俺がその救援軍の、親しい人々の顔をみたら、きっと俺が記憶を取り戻すことが出来るだろう、といい、そのこと――俺が記憶を取り戻すことが彼にとっての最大の目的である、というように言うのだが――それと同じようなことは、セムの村にあらわれて俺を看病してくれようとしたときからずっと云っていて……俺が記憶を取り戻すことが、彼にとってはきわめて重大なのだ、と言い続けていたのだが――」

イェライシャはたまりかねたようにくっくっと含み笑った。

それを、グインはじろりと見た。

「やはりおぬしは笑うのだな、イェライシャ。――俺は、どうも、あの老人が信用できぬ気がしてならぬ。どうも、あの黒魔道師を名乗るあやしげな老人のいうことは、ひとことたりとも信じてはならぬし、ひとことたりとも、彼のいうことに乗る、というような言質をとられてはならぬ、という気がしてならぬのだ。これもまた、俺にとってはただの直感の結果にすぎぬから、何の根拠があるのかと云われれば困るのだが……」

「まさに、その考えは正しいとわしは思うね、豹頭王よ」

　イェライイシャは同意した。

「まさにあの男こそは、信じてはならぬものの筆頭であろうよ。……そして、あの男がそのような、いかにもおぬしのためを思っているようなことばかりを延々としつこくすすめたとしたら、おそらく、あの男はまたしてもろくでもない何かをたくらんで、それでおぬしをわしの領域であるルードの森から離れさせたい、そのほうが都合がいいと思っておるのだとわしは思うね。——わしのほうは、ずっと事情があっておぬしについては目をはなさずにいたが——ある魔道師からの依頼もあったのでな——だが、ノスフェラスではロカンドラスがいるゆえ手出しする余地はないと思うたし、じっさいにおぬしがルードの森に入ってきてからは、なまじおのれの版図であるがゆえに、何かあればただちに救助の手はのべようとは思っていたが、基本的にはじっと見守っているだけのつもりだった。わしは、もともと、おぬしのように自らの判断でことをなす人間にたいして、無用の援助を申し出すぎるというのも失礼な話だ、と思うておる人間なのでな」

「それはまさにそのとおりだろうな。俺が必要としているのも、助力ではなくて、ただ、適切な助言と、俺が判断するための材料になる事実を教えてくれること、ただそれだけだと思う」

　グインはうなづいた。

「やはり、あの魔道師のいうことは信用がならぬ、という俺の感じ方は正しかったのだな。――それでは、俺がこのように感じるのもたぶん正しいのだろうか？　このさき、あまりイシュトヴァーンにかかわってはならぬ――という。いったんは、俺は、イシュトヴァーンをこれ以上失望させ、人間不信に陥らせることのほうがまずいのかと考え、イシュトヴァーンともどもイシュタールへゆくほうがいいのか、と考えていたのだが――」

「イシュトヴァーンの人間不信は、いまにはじまったことじゃない」

イェライイシャはうんざりしたように首をふった。

「それはいまに彼を殺す致命的な病気となるだろう。そうでなくても、いまやそれはどんどん進行して彼をむしばんでいる。しかし、また、それをどんどん、おのれの体内ですすんで育ててしまっているのも彼自身なのだ。だから、それはほかのものからはどうすることもできぬ。たとえどんなに彼を愛し、守ってやろうとするものがいたとしても、彼が自分自身からむしばまれ、自分自身を攻撃して、どんどん自分自身を辛くしてゆくことからは、誰ひとりとして彼を守ることは不可能なのだ」

「陰惨な話だな」

つくづくとグインは云った。イェライイシャは深くうなづいた。

「まったくだよ。だがまた、われわれが思っているよりずっと多くの人間が、そうやって、自分自身が最大のおのれの敵となり、それによっておのれの苦しみを自ら招き寄せているものなのだ。悪いことはいわぬ。豹頭王よ——おぬしのような人間は、イシュトヴァーンにはかかわらぬことだ。いや、そうはいっても、あちらでおぬしを無視できぬ以上、遅かれ早かれイシュトヴァーンのほうからおぬしを攻撃したり、こうして虜囚にしたりしようと狂おしくかかってはくるだろうけれどもな。だが、それにおぬしまでがひきこまれたり、ましてやそれにつきあってイシュタールの地下牢になど幽閉されることはない。おぬしを前にしていると逆にイシュトヴァーンもなおのこと、苛立ち、不幸になり、混乱し、決して手に入らないものを求めてやまぬ発作をおこしやすくなるのだよ。おぬしは彼にとっては、おのれのもっとも欲しいものを持っていながら決して与えてくれぬ父の象徴のようなものなのだ。彼に気持をかければかけるほど、互いが傷つくことになるだろう。——一番いいのは、とにかくいまここから、脱出してしまうことだ。もっともわしにはグラチウスと違って、おぬしを救出軍のところまで案内しようとか、運んでやったり、あるいは、ハラスを一緒に救出する、などということは出来ぬけれどもな。グラチウスは黒魔道師ゆえ、魔道十二条には縛られておらぬ。わしはもともと純然たる白魔道師というわけでもないが、しかし魔道十二条を守らねばならぬていどには魔道のおきてに忠実だ。……それゆえ、おのれの魔道の力であまり、根源的な出来事に影響力をあたえたりねじまげてしまうことは許されておらぬのだよ」

「べつだん、おぬしの力をかりねば脱出できぬ、とは思ってはおらんのだが……」

グインは唸った。

「ハラスか。……なあ、イェライシャ、ひとつ下らぬことを聞いてもいいか」

「何なりと、豹頭王よ」

「俺は――もとが何だったのかはともかく、そのころから……つまり記憶がそれなりに完全であったころから、こんなに――なんといったらいいのかな、情に足をとられる男であったのかな。べつだんハラスには、もともと縁もゆかりもなかった。だが、それを偶々一回救い、そしてそのためにイシュトヴァーンにとらわれ――俺が逃亡するさいに、ハラスとその仲間を一緒に逃がしたことが、つまるところハラスの仲間たちの惨殺をまねいた。それにたいして、俺はずっとひどい負い目を感じているらしい。そのせいで、ハラスを置いてゆくことがとてもしづらいのだ。なんだか、だが、ハラスをつれて逃亡したとしたら、よけいものごとがややこしくなりそうな気がする。――俺はどうしたらいいのだろう？　なにせ、おのれが正しく判断している、という自信がまったく持てぬのが問題だ。イェライシャはもとの俺を知っているのだな。――もとの俺であれば、俺はどう判断し、どう行動しただろうか？」

「いや、しかしおぬしはもともと、なかなか情にもろい、そこに弱点をもつ男であったよ、じっさいのところは」

イェライシャはちょっと考えて、面白そうに答えた。

「その豹頭で重々しく行動するゆえ、そのようにはなかなか見分けられにくいのだがな。じっさいには、おぬしはなかなかに情に溺れる人間でもあるし、それに流されるところもあるよ。——まあ、それをして、人間的、というのかもしれぬがな。……このようなことになれば、以前のままのおぬしであれば、何を迷うこともなくハラスを連れて逃げただろうな、よしんばハラスがイヤだといってもな。——そして困難、というか不可能を可能にしてゆくのが、かつてのグイン——ケイロニアの豹頭王であった。だが、たぶんいまおぬしがとてもことを判断しづらいのは、誰に対してどのような感情をおのれが持っていたのか、正確にわからぬからだろう。おぬしは、イシュトヴァーンとハラスとのどちらをおのれにとって重大だと考えていいかわからぬのだろう。わしに云わせれば、イシュトヴァーンについては、彼自身にそのしたことの責任をとってもらうほかはない。たとえおぬしが、イシュトヴァーンに対して慚愧の念を持っていたとしても、その後、どのように発展してゆくかは彼自身の問題だった。いや、王よ、いまは一刻も早くゴーラ軍の捕虜から脱出し、ケイロニア救出軍と出会うことが一番よいだろう。ケイロニアのグイン救出軍をひきいているのは金犬将軍ゼノン、そしてアキレウス大帝の命令にあえてそむいてその役目をついにかちとった、おぬしのもっとも忠実なる副官、黒竜将軍トールだ。そして、おぬしにとっては義兄にあたる、吟遊詩人のマリウス——といおうか、シルヴィアの姉オクタヴィアの夫でもあったマリウスが同行している。みな、おぬしにはきわめてゆかり深い人びとばかりだ。確かに、かれらに出会えばかなりの確率でおぬしの記憶は戻るのではないか、とわしとても期待したい。そういう顔ぶれだよ」

「金犬将軍ゼノン、黒竜将軍トール、義兄のマリウス……」

グインはふしぎそうにつぶやいた。そのことばが、それぞれにほとんど、ただの音のひびきとしてしか彼にとって意味をなさなかったことは明らかであった。

「俺には義兄がいたのか。――シルヴィアというのは俺の妻なのだったな。妻の姉の夫？　なにやら、知らぬあいだにさまざまな親類縁者を押しつけられた気分だな」

「いまは、それについては何も考えぬがよいさ。考えたところで仕方ないだろうからな」

イェライシャは笑った。

「わしにしてやれることは、ほんのわずかしかない。わしはこのルードの森をおのれの縄張りにしているので、ルードの森の中のことはたなごころをさすがごとくに知り尽くしている。それゆえ、それをちょっと利用して、ゴーラ軍に混乱をまきおこしてやることは簡単にできる。――おぬしがウーラとザザを使ってやったように、グールどもをけしかける、というのは、わしとしてはあまりしたくないし、いかなゴーラ軍といえど二度も同じ手口にはひっかかるまいが、たとえば、深い霧をおこしてゴーラ軍を道に迷わせてやることはできる。それは、べつだん、魔道十二箇条に抵触せぬ魔道にすぎぬからな。ゴーラ軍が道に迷って混乱に陥れば、そのすきにおぬしがハラスを救出して脱出する、ということも可能になるかもしれぬ。また、ゴーラ軍から抜け出したおぬしに方角を指し示してやる手助けなども出来る。わしに出来ることはそのようなことくらいだな」

「………」

グインはしばらく考えた。

それから、ひとつうなづいた。

「わかった。それなら、俺はおぬしには、そのような手助けはとりたてて頼むに及ばぬ。そのくらいなら、おのれ自身でなんとかできるだろう。無用の負い目を作るにも及ばんだろう。——おぬしは、俺がルードの森を出てしまったら、俺を見失うのか、イェライシャ？」

「ずっと見守っていれば、おぬしがどこへゆこうと、見失いはせぬさ。グイン」

「そうか」

グインはつぶやいた。気持が決まったようだった。

「ならば、俺に——俺が、もう、そうしてもよかろうか、と考えたときに、パロへの道をさしてくれることは出来るわけだな」

「それはむろんできるが――」

　少し驚いて、イェライイシャは云った。

「おぬしは、パロへゆくつもりか？　ケイロニア軍に会わなくてもよいというのか？」

「もしもゆきあえば、それはむろん避けたりするつもりはない」

　グインは考えながら答えた。

「だが――かれらは、俺が、記憶を失っている、ということを知っているのか？」

「知っている。そしてとても案じている。やってくるのは、もっともおぬしを案じている面々ばかりだ、といってもいい。――その、パロの女王リンダからも、つかわされて、宰相ヴァレリウスが同行している」

「宰相――ヴァレリウス？」

　グインはけげんそうな顔をした。

「そのひびきには何やらとても聞き覚えがあるな。……それは、俺のなかに、何か、青く光る湖のようなものと、黒い夜空のようなものをいきなり連想させた。――これは何なのだろうな。なまじすべての記憶を失っているだけではなくて、ときたまこのようにわけのわからぬものが浮上してくるので、なかなか面食らうぞ」

「それが何なのかということについては、なんとなく想像がつかぬでもないが……」

　イェライイシャはちょっと笑った。

「そうか。ではおぬしにとってはヴァレリウスと、そしてそのかつてのあるじというのはそれほどに衝撃の強い存在だったのだな。ふしぎなことだ。――おぬしはわしのことはなんとなく記憶していてくれた。グラチウスがさぞかしショックを受けただろうが、わしは、なにやら、深いえにしのようなものを感じて感動したよ。――これから、どうしようというのだ、王よ?」

「まだ、決めておらぬ」

そっけなく、グインは答えた。

「だが、たぶん――いまがそれだ、というところにさしかかったら、俺にはそれがわかるはずだ、ということはなんとなく感じる。――だから、俺は、それを待ってみることにする。いまはまだ……グラチウスもおぬしも、俺に手助けをしてくれて、ここから脱走するように、とすすめるのだが――むろん、話をきくほどに、イシュタールに同行して地下牢に幽閉されるような危険をおかす気はなくなったのだが、それにしても、ここから逃げ出すのは《いま》ではない、というような、奇妙な気がしてならぬのだ。というか……むしろ、まだ当分、ルードの森を出るまでは、そこで騒ぎをおこしてはならぬ、とでもいうような。――いったいなにものが俺のなかでそのような判断をしているのかわからぬが、いまの俺としては、もうひたすら、これを信じているほかはない、ということだな」

「ふむぅ」

　感心したようにイェライシャはつぶやいた。

「ぬしの中のもうひとつの頭脳のようなものがあって、それがきっとまったくかわることなく動いているのだな。――おぬしの失なわれた記憶は、おぬし自身のものだけなのだろう。――その奥にもっともっと深い、もっとたぶん何か深奥やより高みとつながっている頭脳があるのかもしれぬ。なにせ、おぬしは、普通の存在ではないのだからな。――そう、確かに、わしとても、おぬしが《グル・ヌー》で何を見たのか、何を経験したのか、ということについては、知りたいのはやまやま、というよりも、知りたくて知りたくて気が狂いそうだよ。それが知れるのだったらこの魂のひとつやふたつなどいつでも売り渡すと思うくらいだ。だが、また、それが失われてしまったのは、さきほどいったように、よりおおいなる神の意志なのだろうか、あるいはヤーンの意志だろうか、というようなふしぎな気がしてもいる。ともあれ、わしはいつでもルードの森のなかにあるかぎりおぬしのそばにいて、おぬしに注意を払っている。グラチウスにも、イシュトヴァーンにも、注意することだ。もっとほかにも、注意が必要なものがたくさんいるが、それらはいまのところはあらわれてきそうな気配はないしな。――だが、あらわれてきたら、わしにはわかると思うよ。そうしたら、また警告を放ってやってもよい」

「あの警告――グラチウスに関する、それについては、まあ必要はなかったかもしれぬが、礼をいうぞ。それにおぬしのおかげで、少しいろいろなことが明らかになった」

グインは考えた。それから、ちょっと心配そうにたずねた。

「ひとつだけ――気になって、なかなかたずねられなかったことがあるのだが……」

「何なりと、王よ」

「俺には、その――子供はいたのか？　息子なり、娘なり……」

「おらぬよ、王よ。それどころか、安心するがいい。おぬしはいまだ新婚の夢さめならぬ新床から直接にこのいまへまで流転してゆくにいたる奇怪な運命のはじまりとなる、パロ遠征に引き出されたので、それで花嫁はいたく御機嫌を損じた。ぬしはまだ、それほど深くめおとの契りをかわしてはおらぬ。あの新嫁には気を付けることだ。彼女は、おぬしのまさしく、さきほどおぬしがいって心配していた情にもろい、情に溺れる部分に食い込んで、それでおぬしは彼女をどうあっても救わなくてはならぬという気持になった。だが、あえていうなら、ハラスに対するのと同じことで、本当はそれはしてはならんことであったのだよ。イシュトヴァーンに対しては、おぬしは、ちゃんと非情になれたし――それゆえ、その後の彼のなりゆきについても、慚愧の念こそはあれ、何もおぬしが責任を感じるいわれはないのだが――ハラスだの、シルヴィアだののように、とても弱いものに対しては、おぬしはばかのように弱い。それはだが、よくないことだよ。そのせいで、どちらもとても不幸になるようなことだよ。――もしもいざというときがきたら、ドールに追われる男イェライイシャが云っていたこのことばを思い出してくれるがよい。おぬしのその情が、イシュトヴァーンのあの病気同様おぬしの命取りになるようなことが、万一にもないように、おぬしは、もっともっと冷酷非情になるべきだよ。そしてまた、弱く無力な何の力ももたぬものに対して、すべてのそういう弱いものをおのれの力で救えるだろう、などと思い上がらぬことだよ。それは、ハラスの仲間たちのようにもっとむざんな運命をかれらの上に招き寄せてしまうだけの結果におわることも多い。——それを心にきざんで、ハラスをどうするか決めたがいい。もとよりハラスが救ってくれとおぬしに追いすがっているわけではない——彼は、すでに何回も覚悟を決めているし、もともとおぬしがあそこで飛び出してこなければもうとっくにない命でもあっただろうし、そのことも当人は覚悟の上だったのだよ。それをおぬしが救ってしまったことで、逆にかれら全員にむごい死に方をさせることにもなった。——なまじ心を半端にかけるのは、相手に対して酷いのだよ。直接手を下すやつよりももっと、場合によっては、ぬしが救おうとした相手に恨まれることもありうる、そういうようなことなのだよ」

「わかった」

グインはつぶやくようにいった。

「それは、聡明な意見だと思う。肝に銘じておくことにしよう。——それに、俺のいうことをわかってくれて嬉しい。……そうか、俺には子供はいなかったのだな。そして、その妻というのも、俺は……」

「決して、イシュトヴァーンが誹謗するような、ケイロニア王の地位、ケイロニア皇帝の義理の息子の地位目当てで、あの不幸なむすめをたぶらかしたなどということではない。そもそもその豹頭に、たぶらかすなどということばは通じぬだろうしな」

イェライイシャは首をふった。

「だが、あの妻はおぬしにはあまりよい効果はもっていない。そのことだけは、心の片隅においておくとよい。時として、運命というのはあのようなかたちでいったん回り道をさせることもある——そのことは、イェライイシャの予言として、覚えておいてもらって損はないだろうよ。おぬしにだって、幸せになる資格くらい、あるはずなんだからな」

第三話　記憶の迷路

1

グインが、おのれにあてがわれた小さな天幕のなかで、そのようなあやしい邂逅や、会話をかわしていたことは、グインを次々に訪れた魔道師たちがそれぞれにきわめて強大な力を誇る魔道師であり、めったなことでは他の魔道師にさえ破れないほどに強力な結界を張り巡らしたこともあって、まったく誰にも知られなかったようだった。イェライシャはなおもグインに助力を申し出たものの、グインが固辞するとそれ以上に押そうとはせず、そのまま「いつでも、わしの助けが必要なときにはわしのことを念じてくれるがよい。まだ当分、わしはおぬしから目をはなさず見守っていようでな」ということばを残して空中に消え去ってしまった。

もとより、〈闇の司祭〉グラチウスはそれきり姿をあらわそうとはしなかったし、ひきつづいて別の魔道師や魔物、魑魅魍魎などが訪れてくる、ということもなかった。それきり、何事もなかったかのようにルードの夜は深くしずまりかえり、グインはそのまま、また身をよこたえてつかのまの休息をむさぼっていたのだった。

朝がくると、イシュトヴァーン軍の小姓が起こしに来て、同時に飲み物と簡単な携行食糧の朝食とをあてがっていった。グインは有難くすべてを食べた――とても、彼の巨体には、充分な食糧とは云えなかったが、それでも、とりあえずないよりははるかにましだった。あわただしい朝食をすませるかすませないうちに、今度は騎士たちがグインを呼びに来た。

そのまま、グインは縄をかけられぬままに隣の天幕に連れてゆかれた。隣、といったところでそのあいだには警備のかなり数多い騎士たちが夜営している。そのいずれも、昨夜のあの、ひそかな訪問者についてあやしんでいる気配もない。

（魔道というものは、なかなか凄いものなのだな――すこぶる便利なものでもある。だが、それをどの国でもおもだった政治や軍事の力としてとりあげ、正式に利用しようとせぬのは、魔道というものにあまりにも制約が多いからなのか、それとも、やはりこれは特殊な魔道師という人種のものであって、あくまでも一般的ではない、ということか……）

そのようなことを、まるでひとごとのようにグインが考えこんでいるあいだに、グインをひったてていった騎士たちは、主天幕の垂れ幕をあげ、グインをその中に押し入れた。天幕の入口のところを守っていた兵士たちがいっせいに頭を垂れる。

「お連れいたしました」

「よく眠れたか、グイン」

イシュトヴァーンは、すでに身支度をすべてととのえ、いつでもまた行軍に出発できるよそおいになって、床几にかけていた。そのおもてはしかし、とうてい、彼自身はよく眠れた、などとはいえたものではなさそうだった。一応、寝不足という顔ではなかったが、目の下は黒ずみ、頬はやつれ、いかにも、酒の力をかりて強引に眠ったけれども少しも疲れそのものはとれておらぬ、というようすだった。だが、今朝の彼は、当人としてはかなり調子がよいようすだった。

「ゆうべはもう、お前の顔を見るのもうとましい気持だったんだが……」

イシュトヴァーンはグインを見るとにやりと笑った。グラチウスがおどかしていたように、グインの傷が癒えていたり、縄目で痺れているようすがないことをいぶかしむようなようすはまったくなかった。あるいは、つねに酒に浸りこんで夢とうつつの境い目をさまよっているかのようなこういうときのイシュトヴァーンには、そんなささいなことは、とうていいちいち覚えていられなかったのかもしれない。

「一晩、また、酒つぼを相手にいろんなことを思い出してたら、またいろいろ考えちまってな。——よほど、お前を話し相手に呼ぼうかなとも思ったんだが、まあ、またお前のそのふてぶてしいつらをみたら、苛々しちまいそうな気がしたんでよしたよ」

イシュトヴァーンの気分はまるで猫の目のようにころころと変わるのだな、とグインはひそかに記憶に刻みつけた。まるで、いくつもの人格が彼の中でひっきりなしに主導権争いをしてでもいるかのようだった。

あの、無残な殺戮の現場に立ち、グインを「もう二度と決して――!」と恐しいほどの憎悪と瞋恚をこめてにらみすえた彼の顔を見たものは、誰しも、もはやグインと彼とは完全に決裂したのであって、二度とはかれらのあいだに友情だの、せめてごくふつうに笑いあったり話し合う関係でさえ、戻るだろうとは思えなかったに違いない。グイン当人もまた、そう感じたのであった。

だが、一夜あけたイシュトヴァーンは、なにごともなかったかのように――とまではさすがにゆかず、その微笑にはまだどこか、皮肉な、敵意をひそめたものがひそんでいたが、それでもほとんど、そんなことなどなかったかのような、以前とあまりかわらぬ態度物腰をみせていた。グインはもう、イシュトヴァーンについてかなり理解しはじめていたので、べつだんその変貌ぶりに驚くこともなかったが、もっと単純な人間であったら、ずいぶんと戸惑ったり、裏切られたような感じを覚えたのに違いない。一夜あけずとも、ただとらえたグインと話をかわしているその短いあいだにさえ、イシュトヴァーンの気分はころころと変わり、すさまじい勢いでいまにもグインを打ち殺しても飽き足りぬとばかりに打擲するかと思えば、一瞬後にはそんなことなどなかったように落ち着いたりした。明らかにイシュトヴァーン自身さえ、おのれがいまどのような状態にいるのか理解していなかったし、だからこそ、つねに安定してひとつの自我を持ち続けていることはきわめて困難だったのだ。

それは、すでにある意味では狂人のレベルに達しているようなことかもしれなかった。だが、イシュトヴァーンはおのれが何かおかしな行動をとっている、とは夢にも思っておらぬようだった。

(酒——の影響も少しはあるのかな。いや、当然、かなりあるのだろうな。こう見てても、あの目の赤さとか、なんとなく不健康な感じなどは明らかに酒の影響によるものだし)

グインはじっとイシュトヴァーンを見守っていた。イシュトヴァーンは、だが、今朝はとても落ち着いて朗らかな、自信にみちた気分でいる、と感じているようだった。

「お前がよく眠れたかどうかはわからねえけどな。お前がどのくらい、良心のとがめを感じたり、イヤなことを思い出してうなされたりするのかどうか、俺は知らねえもんな。べつだん知りたくもねえが。——だが、いいか、グイン、きょうは、云っておきたいことがあって、お前を呼んだんだ」

イシュトヴァーンはひきゆがんだ、いささか病的な微笑をうかべた。

「俺は云ったことは必ず守る。俺はお前をイシュタールに連れて戻ることに決めた、ときのう云っただろう」

「ああ」

グインは手短かに答えた。

「確かに、おぬしはきのう、そう云った」

「俺はトーラスを見捨ててこのままイシュタールに戻る」

イシュトヴァーンはむしろ誇らしげに云った。

「お前も大したもんだと思えよ。この俺に、トーラスよりもお前をとりこにしたほうが大事だと思わせたんだからな。――だが、このさい、モンゴールそのものよりもお前のほうが重大事件だ。俺はお前をイシュタールに連行する。そのために、これから我々ゴーラ軍は進路をかえる。地図でいうと――」

イシュトヴァーンは床几の前においてあった、折り畳み式の机の上にひろげた、羊皮紙の地図を、乗馬鞭の先で指さした。

「見てみろよ。俺たちはこのあたりでで会った。アルヴォンの砦とタロス砦のあいだくらいだ。その後、かなりトーラスにむかって俺たちは南下してきた。だが、ここでもう、南下はやめ、進路を西にかえる。そしてユラ山地をこえ、ユラスの砦から赤い街道に入る」

イシュトヴァーンの鞭の先が、茶色い地図の上を行き来した。グインは興味深く眺めていた——この世界の地図を見たのは、記憶を失ったまま目覚めてから、これがはじめてのことだったのだ。イシュトヴァーンが指さしている辺境のあたりよりも、グインの目が吸い付けられていたのは、その下のほうだった。

（モンゴール——ユラニア。ユラニアの左、この巨大な国がケイロニア。……おお、そして、ケイロニアの下——というより、ケイロニアとこのクムという国が作る三角形の下のあたりに……パロの文字がある）

（これが、パロか。——ケイロニアに比べればそれほど大きな国ではないようだが……この城の絵が描かれているのが首都か。クリスタル——アライン、サラミス、ロードランド、サラエム——マルガ）

（ここにゆけば——この国のどこかに入れれば……パロの女王リンダ、という存在への道が開ける——のか？）

（ケイロニア王……俺をケイロニア王とみなが呼ぶ。……俺はこの国の王なのか。ずいぶんと大きな国だ……こちらのこの三国、ユラニア、モンゴール、クムと書いてある三国をあわせたのと同じほどの領土がある。——パロよりもはるかに大きい。俺はそんな大きな国の王だったのか……）

「どうしたんだよ。珍しそうに地図をじろじろ見て」

イシュトヴァーンがおかしそうに云った。

「あらためて地図で見ると、またいちだんと違う感じがする、ってか？　なあ、ノスフェラスからユラニア、そしてケイロニア――この地図でみりゃあ、あっという間だよな。この広大なルード大森林だって、たいした距離にも思えねえ。だが実際に歩いてみりゃあ、たいへんな手間だ。……で、ユラスの砦にゆきつくまでには――こちらからも、とりあえず使者は出して、迎えの部隊を頼むことにはするが、とにかくその前にまず、ユラ山脈を越えなくちゃいけねえ。このあたりだ」

イシュトヴァーンはまた鞭の先で地図を叩いた。

「このあたりは――ケス河に近づくに従ってユラ山系は低くなり、たいした山もねえ。だが、いまちょうどここまで下ってきちまって、これから西にむかうと、ユラ山地の最高峰、アルバ山にぶつかる。まあ高いといったってユラ山地だからな。《世界の屋根》ウィレンみたいなことはない。一番高い山だって、天山ウィレンにいったら一番低いくらいだろう。だがそれでもアルバ山はとりあえず高いことは高い。アルバ山と南どなりのクロー山のあいだのガンド峠、俺はとりあえずこれを越える計画をたてた。もっと南下してから西に出ればガイルンまでゆけるが、正直の話、俺は……」

イシュトヴァーンはちょっとためらった。それからひどくあけすけに云った。

「俺は、お前をとらえた、無事にとらえて俺の手中にした、ってことが、実はまだ、あまり信じられねえんだ。何かお前がたくらんでるような気がしてならねえし、それに、お前はその気になれば、いつでもわけもなくこんな俺の軍勢ごとき、何か悪魔のような奸計でたぶらかして、抜け出してしまうんじゃねえか、裏をかかれるんじゃねえか、って気がしてならねえ。また事実、お前のこれまでしてきたことは、そういう、とうてい常人なら信じられねえような、他の人間には絶対不可能なようなことばかりだ。俺がこういうのも変だがな」

「そのように買い被ってもらってはすまぬな。イシュトヴァーン」

「買い被ってるなんてわけじゃねえことくらい、あんただってわかってるだろう」

イシュトヴァーンは一瞬、かっとなるか、それともニヤリと笑うか、どちらを選ぶか無意識に迷うようなようすをみせ——それから、ニヤリと笑った。

「あんたは確かになみたいていの人間じゃねえ。——って、もともと、人間じゃねえ、豹なのかもしれねえけどな。だがとにかく、あんたは他の人間では何がどうあろうと抜け出すことは無理なような窮地からでもなんなく抜け出してきたし、絶対になしとげられねえようなことをいくつもしてきた。それを俺はずっとこの目で見続けてきたよ——そうでなけりゃあ、ほかのやつらがいかにそういう話をしたって、俺は信じねえところだ。うるせえ、だまれ、人間にそんなことが出来るわきゃあねえだろうってな。だが、あんたは何回となく、俺の前で、不可能を可能にしてみせたよ。スタフォロスから脱出するときしかり、モンゴール軍に襲われたパロのふたごを助けに、セムとラゴンの軍勢を引き連れてかけつけてきたときしかり――レントの海でも、中原でも、俺は何度となくそういうところをみた。そのあんたが、こんな、たかがこれしきの軍勢に押さえ込めるなんて、俺は思っちゃいねえ」

「俺とても人間だぞ。イシュトヴァーン」

グインは苦笑した。

「そこまで買い被られては、すまぬとは思うが……俺にだって、千人の精鋭を一人で切り倒すのは不可能に違いない」

「切り倒すのは、な。俺もそこまではそう思っちゃいねえ。だが、そこがあんたの変なところだ――あんたは、どんなことになっても、なんとかして、何かの奸計をめぐらす――そうだよな、それは奇策とかいうより、むしろ奸計ってものだと思うよ。俺はな。――そして、お前は、それによってなんとか、あっというような切り抜け方で、窮地を切り抜け、勝利を自軍にもたらしてしまうんだ。俺がおそれてるのは、そのあんたの奸計奇策のほうだ。あんたの腕っ節のほうじゃねえ」

「……………」

「なあ、グイン。取引しようじゃねえか」

グインはイシュトヴァーンを見た。

イシュトヴァーンは目を細めて、いかにもずるそうににやりとまた笑った。一瞬、かつての彼が——あの皮肉な笑みをもつ陽気な若い傭兵の面影が、その狷介なやつれたおもてにたちのぼったが、むろん、記憶を失っているグインにはそれをそうと見知るすべもなかった。

「取引だと？」

静かに、グインはきいた。イシュトヴァーンは大きくうなづいた。

「俺はあんたのことは誰よりよく知ってる——と思っている。そして、あんたがどういうときに信義を守り、どういうときにこういうことをする、ってこともあるていどは知ってるつもりだ。あるていどだけどな。——あんたは、面と向かってした約束は決して破らねえ。だからこそ、あんたはあだやおろそかに約束しようとはしねえ。……そういう意味では俺はあんたを信じてる。どれほどにくたらしいと思ってもな。——だから、取引だ、グイン。俺と取引に乗ってくれ」

「……………」

「俺は一晩、じっくりと考えたんだよ。そしていまだにわからねえのが、お前が本当にモンゴール反乱軍と手を結んでるかどうか、っていうこの一点だ。最初は間違いねえと思った——だが、考えているうちに、そうしたところで、ケイロニアに何の得があるのかな、って気もしてきてさ。だが昔から、お前とノスフェラスの縁は深かった。その理由は俺にもわからねえくらい、なにやらあやしいなんたらかんたらがノスフェラスとお前のあいだにはあった。もしも、お前に何か秘密があって、それでノスフェラスにいた、だけどそれは本当にハラスどもとは関係ない、っていうことだったら、俺はつまんねえ間違いをしでかしたことになる。——お前がモンゴール反乱軍と手を組んでるに違いないと決めつけて、連中を皆殺しにさせたことさ。まあ、どちらにせよ、最終的には生かしておくわけにゆかなかった連中なんだから、それについちゃ、それほど重大なことでもないがな」

グインは黙っていた。

イシュトヴァーンはそのグインをじっと見つめた。

「だがもし本当にあんたがハラスどもとかかわりなく、偶然あそこに飛び出してきただけ、っていうことだったら——そのあんたを、ハラスともどもずっと連れまわってモンゴール領内を通ってゆくのは、ちょっとまずい。——これまではまったくかかわりがなかったとしたって、モンゴールの反乱軍どもは、もともとが、マルス伯爵奪還とか、あまり大した目的を掲げていねえ。というか親分にいただくべき親玉がマルス伯爵みたいな小物くらいしかいねえんだから、いってみりゃ、ただの土民の反乱にすぎない。しかも烏合の衆だ。——だが、そこにもし、ハラスのことが知れ、そしてそれをあんたが、ケイロニアの豹頭王が助けたり、こんなふうにからんできた、ってことが、モンゴール

〈NV1082〉

ミリオンダラー・ベイビー

F・X・トゥール／東 理夫訳

（『テン・カウント』改題）

映画、5月下旬全国松竹系ロードショー

女性ボクサーと老トレーナーの苦闘など、ボクシングに生きる人々を描く感動の六篇収録

定価780円 ［14日発売］

〈HM307-1〉

〈リーバス警部〉シリーズ第1作

紐と十字架

イアン・ランキン／延原泰子訳

卑劣な少女殺害犯を追う、一匹狼リーバスのもとに送られてきた紐と十字架の意味とは？

定価735円 ［8日発売］

〈HM300-2〉

〈ミス・メルヴィル〉シリーズ

帰ってきたミス・メルヴィル

イーヴリン・E・スミス／長野きよみ訳

殺し屋から足を洗ったが、美術界の陰謀に巻き込まれ、ミス・メルヴィルは素人探偵に。

定価903円 ［8日発売］

〈HM237-5,6〉

CWA賞受賞作家が壮大なスケールで描く本格サスペンス

セビーリャの冷たい目（上・下）

ロバート・ウィルスン／田村義進訳

目蓋を切り取られた死体。殺人課警部長ファルコンが、過去と現在が交錯する事件に挑む

定価各861円 ［21日発売］

〈…6-18〉

クラシック・セレクション

死が二人をわかつまで

婚約者は三人の男を毒殺した殺人者なのか？ 名探偵フェル博士が奇怪

トリイ・ヘイデン／入江真佐子訳

あった　真の家族の意味を問う感動作

四六判上製　定価1890円［21日発売］

ナショナル ジオグラフィック・ディレクションズ

静寂のノヴァスコシア

野鳥と案山子と詩人をめぐる旅

ハワード・ノーマン／栗木さつき訳

荒涼とした半島で鳥を眺め、地元の人々の声を聞き、詩人が見ていた風景に想いを馳せるとき、そこは故郷のように思えてくる。米国の人気作家によるノスタルジックな紀行。巻末エッセイ／松本侑子

四六判変型上製　定価1890円［15日発売］

ハヤカワ・ノンフィクション・マスターピース

恐るべき空白

死のオーストラリア縦断

アラン・ムーアヘッド／木下秀夫訳

一八六〇年、人跡未踏のオーストラリア縦断に挑んだ探検隊のうち生還したのはたった一人だった。苛酷な内陸砂漠で彼らが経験した極限状態と容赦ない悲劇を描ききった名作。巻末エッセイ／椎名誠

四六判並製　定価2415円［21日発売］

ブルース・ウィリスのようなマッチョな「男」を目指せ！

タフガイ用語の基礎知識

「男のなかの男」になるためのパーフェクト・ガイド

ハンター・S・フルガム／林　雅代訳

ブラのカップの測り方から、芝刈り機レースの必勝法、ガラガラヘビの料理法、唐辛子の辛さの単位まで、真の男が知っておくべき常識の数々を完全に網羅。男心をくすぐる知的武装バイブル決定版。

四六判変型並製　定価1365円［21日発売］

ハヤカワ文庫の最新刊

●表示の価格は税込定価です。
●発売日は地域によって変わる場合があります。

4
2005

〈SF1509〉
宇宙英雄ローダン・シリーズ310
時間遠征
マール&ヴルチェク／五十嵐洋・青山茜・他訳

人類を救うには歴史改変しかない……。コル・ミモらは、タイムマシン入手にむかうが!?
定価588円
[8日発売]

〈SF1511〉
大ヒット・ファンタジイ〈氷と炎の歌〉の著者の宇宙冒険SF
タフの方舟 1 禍つ星
ジョージ・R・R・マーティン／酒井昭伸訳

巨大宇宙船〈方舟〉号を駆る、宇宙一あこぎな商人タフの活躍を描く連作短篇集・第一巻
定価882円
[21日発売]

〈SF1513〉
話題の書、緊急刊行。待望の新訳決定版
宇宙戦争
H・G・ウエルズ／斉藤伯好訳
序文／アーサー・C・クラーク

火星で無数の爆発が観測された6年後、英国各地に夜空を切り裂き謎の物体が飛来した!?
定価580円
[絶賛発売中]

〈FT384〉
〈時の車輪〉シリーズ　第10部完結篇
幻竜秘録5 ―黄昏の十字路―
ロバート・ジョーダン／斉藤伯好訳

闇王の軍勢に立ち向かうべく、アル＝ソアがバシーア公に命じた驚くべき秘策とは……!?
定価693円
[8日発売]

〈真実の剣〉シリーズ　第5部開幕!

つ、いに詰ましたリチャー…

のやつらに知れると——いま、きゃつらがもっとも欲しがってるもの、旗がしらにいただくものを、きゃつらは持ってしまうことになる。——ケイロニアの豹頭王ほどの英雄がかかわってる、となったら、きゃつらは勇気百倍し、団結も一気にかたくなり、これまでためらってた連中もどっと反乱軍に加わろうと決めるだろう。——そうされちゃあ俺は困る。俺はこれ以上、モンゴール問題にかかわって時間をムダにしたくねえんだ」

「そうだろうな」

グインは皮肉にきこえぬよう気を付けながら云った。イシュトヴァーンはまた傷ついた顔をゆがめて笑った。

「ましてもうすでにあんたが実際にもモンゴール反乱軍と関係していたとしたら——モンゴール領内を進んでる時間が長くなればなるほど、やっかいだ。その情報がトーラスにもれる危険性も多くなる。そうしたら、トーラスから、あんたとハラスを取り戻そうとうぞうむぞうどもが兵をとりまとめ、こっちにむかってくる可能性も高くなる。さらにいうなら、こういう森の中だの、ユラ山地だのってのは、訓練された騎馬の軍勢にとって決してそれほど有利な場所じゃねえ。訓練のゆきとどいた騎士団が有利なのは、馬を自由にかけまわらせ、隊列をいろいろと命令しだいでただちに組み替えられる平地、広い見晴らしのいい平地でだ。こういう場所では、地の利にたけた地者だの、森のなかをうろつきまわるのに馴れたグールだの、それこそ魔道師みたいなあやしげなやからのほうが有利だとことは決まってるんだ」

「それはもっともだな」

「アレクサンドロスの兵法書なんか、俺はまともに読んじゃいねえが、そのかわりに俺は実地でいろんなことをわかってるんだ」

　イシュトヴァーンは自慢した。しだいに調子が出てきたように、その目の輝きがしだいに明るくなってきていた。

「なんたって、俺の先生はすべて、現物の戦争、実地そのものといっていいくらいだからな。──俺はそうやって、実地であらゆることを学んだ。だから、いろいろと応用もきく。──その俺の見たところで、とにかくあんたをモンゴール領内においておくのはどちらにせよまずい。だから俺は一刻も早くゴーラ、旧ユラニア領内に戻りたい。そこならば、まだいくらでも手はあるさ。だが、いまは駄目だ」

「……………」

「まだ当分、ルードの森を横切ってゆき、それからこんどはユラ山地を越えなくちゃならねえ。──くるときにゃ、トーラスから人海戦術で、ルードの森に入るとどんどん歩兵に道を切り開かせて、騎兵隊の馬を通してきた。ここまで戻ってくるのはおおむねその道を通ってこられたから、かなり速度も出たが、しかしここから先、西に進路をかえるとなると、俺たちはほとんど一日じゅう待機していて、一日のさいごに、歩兵たちが木を切り倒して作ってくれた道をしばらくいって、行けるところまでいって、それでまたそこに夜営し、また歩兵たちに道を切り開かせ、ということしかできねえだろうよ。――馬どもが通れる道がある、赤い街道とはいわないまでも街道筋に出るまでには、まだだいぶんかかる。――ユラ山系にもあまりろくな道はないと覚悟をきめておかなくちゃならねえ」

「……………」

「つまりこれから、俺の思う安全圏に出るまでには、あと――そうだな、十日ばかりはかかるんじゃねえか、ってことだよ。ユラ山系をこえれば、かなり楽になるけどな。もっともこれは俺にとってであって、あんたにとってじゃねえが。だが、俺はそれだけの困難をたえてでも、もっと楽な道――ずっと、ルードの森をタルフォあたりまで、森のなかの細い旧開拓街道を使って下り、そのままトーラス経由でガイルンから赤い街道を使ってアルバタナへ――というような、いわゆるごくあたりまえのモンゴール‐ユラニア・ルートは絶対に使いたくねえ。誰でもが使う道だってことは、情報ももれやすいし、モンゴール反乱軍もいくらでも集結しやすいってことだ。俺は、とにかくあんたを無事にイシュタールに連れ戻るまで、絶対にあんたを逃がしたくねえんだ」

「どうしてだ、イシュトヴァーン」

グインはおだやかにたずねた。イシュトヴァーンは一瞬、虚を突かれたような顔をした。

「え――？」

「どうして、俺をそのようにイシュタールに連れてゆきたいのだ？　と聞いたのだ。俺などをイシュタールに連れていったところで、何の意味がある？」

「意味？　意味なら、おおありさ、決まってるだろう」

かえって驚いたようにイシュトヴァーンは云った。

「きのう云ったはずだ。あんたを手中にしてれば、最高の人質だ。あんたを取り戻すためになら、ケイロニア軍はなんだってするだろうとな。たとえ、これまでもう何百年もケイロニアがしてこなかったような国をあげての総力戦に持ち込んでだって、アキレウス大帝が生きてあるかぎり、何をどう支払ってでも、ケイロニアはあんたを取り戻そうとありったけのことをするだろうよ」

「だからだ、イシュトヴァーン。なぜ、ケイロニアほどの大国を敵にまわしたがる？そんなことをして何の意味があるのだ、ときいたのだ」

今度は、グインは、「ケイロニアほどの大国」ときわめて安心して、口に出すことが出来た。地図で見たケイロニアは、まさに、まことの大国然としていたし、ユラニアとの比較も出来たからである。

イシュトヴァーンは眉をしかめた。

「敵にまわしたいわけじゃねえ。──なにもいま、好き好んでケイロニアのような軍事強国と戦いたいなんていう酔狂な国があるわきゃあねえだろう。だが、どうしても向こうがいうことをきかねえとなればやむを得ない、ってだけの話さ。最初から、戦おうと思ってるわけじゃねえ」

「それはそうだろう」

グインは注意深く同意した。そして、（きのう、お前がいっていたこととは、あまりにも違っているのではないか？）などと指摘することはせぬよう、気を付けておいた。彼は、いまや、イシュトヴァーン──ゴーラ王イシュトヴァーン、というこの混乱した人物に、かなり本気で興味をそそられ、理解してやろうと思いはじめていたのだ。それは同時に、彼がこの場をもっともいい方向に切り抜けるための最良の方法でもある、という結論に達したのだったから。

「俺は、よくわからねえんだよ、グイン」

奇妙なゆがんだ、困ったような微笑をうかべて、イシュトヴァーンはつぶやいた。それは奇妙なくらい、真実らしい響きをおびてきこえた。

「俺は──俺は前にも……おい、みんなちょっとはずせ」

天幕の中にいた小姓たちや近習、それに副官のマルコらは、イシュトヴァーンのこうしたなりゆきにはまことになれっこになっているらしく、驚くようすさえも見せずにたちまちすっと一礼して天幕から出ていった。

「俺は——自分がよくわからねえんだ」

イシュトヴァーンは急に気が楽になったような表情で、声を落として云った。あたかも重大な秘密を告白しようとしているかのようにみえた。

2

「俺は……どうして、こうなんだろうなと思うこともあるよ」

イシュトヴァーンは奇妙なゆがんだ微笑を浮かべて、つぶやくように云った。

「なんだか、この気持——どうしても、こいつを押さえとかなくちゃいけねえ——この人を俺のものにしなくちゃ、とにかく自分のところに持ち帰って俺のものとして閉じこめて置かなくちゃならねえ、ってこの気持……前にも覚えがあるな、って思ってさ……ゆんべから、ずっと考えていたんだ。——それで、思い出したよ。——マルガで、ナリスさまを、とりこにしたときだった」

「……………」

ひそかに困惑して、グインはイシュトヴァーンを見つめた。その名も、その出来事も、それはまだ、いまのグインにとってはまったく馴染みのないものだったのだ。

だが、グインの困惑になど気付くわけもなく、イシュトヴァーンは先を続けた。

「あのときも——よくよく考えれば、というか、マルコにもずいぶん——云われたと思うんだ。いったい、ナリス陛下を人質にしてどうなさろうというのか、ってな。そのときは、俺は、うるせえ、黙れ、俺には考えがあるんだ、で押し通してさ——なんか、必ず俺にしかわからねえ深い深い理由がある、ってな顔をしてたんだが——いまと同じにさ。だが、考えてみたら、本当は——あんなことは、しちゃいけねえことだった、と思うんだ。——というか、あとで、そう思ったんだ。いったい俺はどうして、あんなことをしたんだ、ってな」

「………」

「そのために——あの人は死んじまった。なにも、俺が連れ歩いて、無理やり馬車にのせてあちこち連れ回したせいだけだとは思わねえけど——ああいうからだで、あんな強行軍をさせたら、危ないかもしれねえ、ってことはヴァレリウスのやつも、ナリスさまの側近もみな哀願してたし、それは——俺にもわかってたはずなんだ。だが、俺は——絶対にあの人を手放したくなかった。何があろうと、いまあの人をかえしてしまったら、俺には何も——それこそ何ひとつなくなっちまう、っていうような、そんな変な感じがして——それで、どうあっても、あの人を逃がすまいとやっきになってた。それこそ、何かに取り付かれたみたいだった。——いまも、なんか、そんな感じがするんだ。もちろん、あの人と、あんたじゃ違うけどさ。それに状況だって違う。ここはマルガじゃねえんだ」

「マルガ……」

「そう、それにあんたはあの人じゃねえ。だからもちろん、俺の気持だって――同じこと、なわけじゃねえのはよくわかってる。だが、なんだか――なんだって、こうして同じことを繰り返しちまうんだろうと、なんだか変な気持になってきてさ。何故なんだろう。何故俺は――」

「……」

グインは、狂気のように頭を働かせながら、じっとイシュトヴァーンのいったことを分析しようとしていた。これは、グインにとっては、まだほとんど手つかずの領域だった――その上に、それがどうやら、イシュトヴァーンにとっても、またもろもろの情勢にとっても、かなり重大なかかわりのあった事件に関係していることばらしい、ということは察することができた。さらに、（ヴァレリウス）という名前には、昨夜イェライシャが口にしたことで、仄かな聞き覚えがあった。おのれがどうやらその人間を知っているらしい、ということもわかっていたのだ。だが、どういう知り合いで、どういうかかわりなのかもわからぬままである。グインはひそかに歯を食いしばった。

イシュトヴァーンは、グインの沈黙をあまり気にとめたようすもなかった。

「なあ、グイン、俺があの人をあんなふうに連れ出さなかったら、あの人は――まだ生きていたのかな。そう思うか？　あの人は……俺が無理やりに馬車にのせて、マルガから連れだしたせいで、あんなことになっちまったんだろうか？　リンダも、ヴァレリウスの野郎もそう考えてるのはわかってる。みんな、俺のことを許しちゃいない。いまだってな——それはわかる、だけど、俺だって——俺はあんなことになるなんて思ってなかったし、あの人は、馬車に乗るのをそれほどイヤがってないように見えた。むしろ、自分からすすんで、一緒にゆくといってくれた——イシュタールに連れていったほうがいいことなんだと、あのときは本気でそう思っていたんだ」

「だったら——」

イシュトヴァーンがじっとグインを見つめて、あいづちを待つようすであったので、グインはやむなく、薄氷をふむような心持で、ほとんどおずおずと言葉を探した。

「だったらそれは……それでいいのではないか？　そういう成り行きになったのも、ヤーンの覚し召しというものだろう」

「そうだよな？」

イシュトヴァーンは、だが、それをただの相槌としてまた、もっと事情のわかるようなことを続けて喋ってほしい、というグインのひそかな切実な願いを裏切るように、身をのりだしてグインを見つめた。それほどに、その一事は、イシュトヴァーンにとって、巨大な影響を残していることだったのだ。

「お前だって、そう思うよな？　俺のせいじゃないよな？　というか——俺のせいもあるかもしれねえが、俺のせいだけじゃねえよな？　あの人は――あの人は、俺と一緒に来ねえことだって、出来たはずだ――それとも出来なかったのかな。あのとき俺はなんていってあの人を連れだしたのかな。なんだか、もう忘れちまってうまく――記憶がたどれない。あまりにしんどいことだったから、あまりそのことを考えたくなかったからかな……あのとき本当はどうだったか、本当はあの人がなんていったのか、あまり思い出せねえんだ。だけど、あの人は――確かに、いっときは、俺と運命共同体だ、とさえ云ってくれたんだから――なあ、そうだよな？　あの人は、自分の意志で、俺についてきてくれたんだよな？」

「俺には――俺にはわからんが……」

グインはますます困惑しながら、低く云った。イシュトヴァーンは食い入るようにグインを見つめている。

「わからねえこたあねえだろう。あんたにだったらわかるはずだ。あの人は――本当は、どう思っていたんだろう？　俺を――憎んでいたんだろうか？　マルガを滅ぼす寸前だった俺のことを――憎い仇だと思っただろうか？　あの人は……あんたと違っていろいろなことを喋ってくれたけど、なんだか、いま思い出すと何も云ってなかったような気がしたりするんだ。あの人は――俺のことをどう思っていたんだろう？」

「さあ――それを俺にきかれてもな……」

「だが、あんたは──あんたはいつだって、何だってわかってたじゃねえか」

自分が、グインを本当にとてつもなく途方にくれさせている、などとは想像もつかず、イシュトヴァーンは言いつのった。

「それに、たぶん──あんたは俺よりあの人のことをわかるはずだ。あの人はあんなにあんたに会いたがっていたんだし、あれほど切実に──あんたに会うのだけを待っていたんだし、ノスフェラスに行きたがってたし──それに……」

「俺に──会いたがっていた──？」

思わず──

ことばは、おしとどめようもなく、グインの口から飛び出してしまった。

グインははっとして、自分が何かへまなことを口にしたのではないかと、息をのんだ。だが、幸いにも、イシュトヴァーンはそれほど、グインのことばに注意をとめたようすはなかった。

「あのときはあの人で──こんどはあんただ、といって──カメロンあたりにきかれたら、またなんだかんだ、大目玉をくらうんだろう。だがこればかりは、俺にも──どういうことなのか、よくわからねえ。いったいどうしてなんだろう。誰もかれも、そうやって自分のものにしてえだの、持ち帰りたいなんて思うわけじゃねえんだよ、そんなのは当たり前だろう？　だが、ナリスさまと、あんたに関するかぎりは──俺は、なんだ

か、あれやこれや云ってたけど、そういうのは全部あとからくっつけた言い訳で、俺はただ、あのときはナリスさまを、いまはあんたを――自分と一緒にいて欲しい、それだけのことみたいな気がするんだ」

妙に、たよりなげな声だった。

思わずグインはイシュトヴァーンを見つめた。イシュトヴァーンは目を伏せるようにして続けた。

「そう、馬鹿な話だろ。いつもいつもあんなに殺気だってつっぱらかってる俺が、そんなことを思ったり、云ったりするなんてさ。――だけど、本当なんだからしょうがねえ。あとで考えると、そういうときいつも、俺はなんだかすごく変なことをしてるような気がするんだ。――いろんな理屈はあとからやってくるし、そのときはそれぞれ、もう、かっとして、逆らわれたと思って逆上したり――何があろうと許すものかと思ったりするんだが……あんたが逃げ出したときだってさ。怒りにまかせて、ハラスどもをやっちまったけど、そのことについちゃ、まあ、どうでもいいけど、あれほど怒りがこみあげてきたのはどうしてだったんだろうなと――あんたが逃げた、って思っただけでさ。マルガのときもそうだったかもしれねえなと――あのマルガ離宮のなかに飛び込んでいって、ナリスさまを追いつめたとき……俺はマルガの市民どもを皆殺しにしかねなかったし、事実それに近いことはしちまったし――あのときは何かに取り付かれてた、なんてのは言い訳でさ――確かにそうだった部分もあるのかもしれねえけど、それよりもはるかに、俺は――ナリスさまが逃げようとした、と思って――俺から逃げようとした、と思って逆上してたんだ。それがあのときああしてマルガを攻めた、一番の理由だったと思うんだよ。だが、ナリスさまは、俺から逃げようとしたわけじゃなかった。なあ、そうだろう？　そうなんだろ、グイン？」

「あ――ああ」

ますます、壁際に追いつめられたような心持になりながら、グインはつぶやいた。

「そ――そのとおりだ」

「何だよ」

だが、妙に敏感に、イシュトヴァーンは云った。その目が、奇妙な苛立ちの光をおびて、グインを見つめた。

「あんた、きのう――逃げ出したのは自分の間違いだった、っていっただろ。そのせいでハラスの仲間たちを皆殺しにさせちまった、それは自分のせいだった、ってさ。そうだったんだろう」

「ああ――それは、そうだ」

「あんたが逃げたりさえしなかったら――」

イシュトヴァーンはちょっと荒々しく言った。

「まあ、あいつらについちゃ、反乱軍なんだから——所詮、最終的には処刑しないわけにはゆかなかっただろうけどな。だけど、マルガの連中は——」

「ハラスのことについてはもう、起こってしまったことだ。しかたあるまい」

なんとかして、イシュトヴァーンの話題と興味を、自分には皆目見当のつかぬ《マルガ》と《ナリスさま》からそらそうと苦心しながら、グインはそろそろと云ってみた。

「それよりも——お前は、取引といっていたが、その取引について話してみたらどうだ。お前は俺と何の取引がしたいというのだ？」

「そりゃもう——だから、逃げ出さないでくれ、という取引さ。もっとも、そのための——取引の材料があるわけじゃねえ。ハラス一人じゃ、そんなネタになるかどうか、俺はもうひとつ不安に思ってる。——あのとき、俺はマルガの市民の命を取引の材料に使った。そしてナリスさまは、あっさりとその取引にのって、俺と一緒にきてくれた。——あれは、卑怯な仕打ちだったかもしれねえさ。だが、あのとき、俺にはああするしかなかった。——だが、あんたと取引するにはハラス一人しかいねえし、あんたがそれほど関係ねえというからには、ハラスなんざあ、たいした材料にもならねえんだろう。だったら——俺は、あんたを幽閉したり縛ったり、あるいは弱らせたりしてイシュタールへ無事に連れてゆけるようなふうにはしたくねえんだ。だって、そんなことをするにゃ、このさきイシュタールまではちょっと遠すぎるし、あんたは、荷車でこの森のなかを運んでゆくにゃ、ちょいとでかすぎ、重たすぎるからな」

「そうかな」

いくぶん、話が、わかる方向にそれてきたので、心からほっとしてグインは云った。

「要するに、お前が取引したいというのは、俺にもうイシュタールにつくまで、逃げないと約束してくれ、ということなのだな」

「まさに、そうさ」

イシュトヴァーンは苛々と膝の上の乗馬鞭を弄びながらいった。

「だが、マルガの市民の命とちがって、あんたには、ハラスの命なんか、どうだっていいんだろ。それとも、どうだってはよくねえにしろ――とりあえず一回は一緒に連れて逃げてやったわけだからな。だが、それに俺も――俺のほうもあんなザコのために、あんたが俺にくっついてきてるなんて思いたくねえしな。マルガの市民とは違う」

「そう――だな」

「ナリスさまはマルガを救うのとひきかえに、俺と一緒にイシュタールにくるといってくれたが――あんたは約束を守る人だ。だから、いま、俺が頼んで、あんたがわかったと云いさえしてくれるなら、なにもハラスだの、他の何かの人質だのをとる必要はねえ、と俺は思っているんだが――」

「だが、さっきも云ったように、俺をイシュタールに連れていって、どうしようというのだ。何も、イシュタールでは俺に用などないだろう」

「なんだけどな」

イシュトヴァーンは嘆息した。

「だからさ。それをいったら、ナリスさまだって——あとで考えたら、本当にそうだったと思うんだよ。だからこれはもう——俺の病気なんだったら、俺の病気でいいや。べつだん、それで、連れてって俺のものにする、って、べつだんあんたと妙なことしようなんて、それこそ夢さらまっぴらごめんだからな。……いったいじゃあ、どうしたいのかと問いつめられたら困るんだけど、それでも、俺には、あんたが必要らしい。前に、マルガでナリスさまが必要だったみたいにな。それがどうしてなのかは、あとでよくよく考えるしかねえけど——とりあえず、ここで、つまりルードの森であんたと出会ったことで、俺は、そのことをヤーンのみことば、みたいに思っちまったらしいし、だからどうしてもあんたを連れてイシュタールに凱旋しなくちゃおさまらねえし——だが、ちゃんと約束しておかねえかぎり、あんたはそうしたいと思ったときにいつでも自分の足で逃げ出しちまうだろうしさ……ナリスさまと違っていつでもそうできるんだから」

「なぜ?」

グインは思わず、問い返した。イシュトヴァーンはけげんな顔をした。

「なぜって、何が?」

「何故、ナリス——さまは自分の足で逃げ出さなかったのかと——」

グインは、ちょっと息をのんだ。

イシュトヴァーンが、目をまるくして、世にも奇怪なものを見るようにグインを見つめていたのだ。

グインは、何か、自分が致命的な失敗をしたらしいことを悟った。

「あんた——何云ってんだ？」

イシュトヴァーンが、ひどく奇妙な口調できいた。グインはなんとか話をそらそうと、しきりとせきばらいした。

「いや——俺がいいたかったのは、その——」

「自分の足でって……出来るわけがねえじゃねえか？　なんで、そんな変なこと、云うんだ？」

「………」

グインはどう答えたものか、必死に頭をさまよわせた。だが、イシュトヴァーンを納得させるであろう答えがどれなのかさえ、まったく見出すことが出来なかった。

「なんか——昨日から、思ってたんだけどさ……」

イシュトヴァーンは、相変わらず、ひどく奇妙な声で云った。

「なんかあんた——変だよな？　なあ、グイン？」

「……」

「むろん、あんたが俺の知ってるグインでない、なんてことは十割のうちの二十割、ありえねえ。こんな見かけのやつが二人とこの世にいようわけはねえし——首から上がこうでなかったとしたって、このがたいだけだってなあ。——だから、あんたはグインだ、間違いねえし……いろんな物腰だの、態度だのも——確かにそうに違いねえんだが……俺の知ってるにくたらしい豹頭の戦士グインに間違いはなさすぎるくらいなんだが……」

「……」

「だけど、昨日から——ときたま、あんた……おかしなこと云うよな——？」

「そ——そうかな」

「なんか、わけのわかんないことというかと思えば——いや、特に何がどうおかしなこと云った、ってわけじゃなかったんだが、ゆんべは……」

イシュトヴァーンは眉をしかめた。そして、何かを思い出そうとするような顔つきになった。

「そう、ただ——何回か、あれ？　って思ったんだ。——なんだか、こいつ、どうしちまったんだ？　って……もとから、ときたま、あんたはおかしくなるこたああったんだけどな。それとはどうも、ちょっと何かが違うみたいなさ——」

「きっと――」

グインは、自分を世にも不器用に感じながらもごもごと云った。

「きっと……疲れているんだろう。それで……」

「つまんねえこと、聞くけどさ」

イシュトヴァーンはゆっくりと云った。その黒い目が、あやしく光っていた。

「あんた――ナリスさまとさいごに会ったときのこと、覚えてるよな――?」

「……」

グインは、追いつめられたことを悟った。

彼は、狂ったように頭を働かせながら、イシュトヴァーンを見つめていた。イシュトヴァーンは、なおも食い入るようにグインを見つめていた。

「どうしたんだ? なんで返事、しねえんだよ――?」

「いや……」

「ナリスさまと、あんたがさいごに会ったとき、俺が言ったこと、覚えてるか――?」

「……」

「というより――あんたが、俺にいったこと、だな。――ナリスさまとどんな約束したか、覚えてるか――?」

「……」

「なんで何も云わなくなっちまったんだ?」

イシュトヴァーンは目をすうっと細めた。

その浅黒いおもてに、奇妙な、なんともいえぬ奇妙な表情が浮かんでいた。

「もういっぺん、違うこと、聞いていいか?」

彼は、考えながら云った。グインは黙っていた。

「あんたと――そうだな。あんたが……ええと、あんたと俺が、ずっと一緒に旅してたときさ。――あのとき、もうひとり、いただろう? 阿呆な連れがさ。あいつの名前――覚えてるか? むろん、覚えてるわな。そのあと、一緒にサイロンに入って、あれだけのことがあったんだからな」

「……………」

グインはひそかに心臓が激しく動悸をうちだすのを感じながら、なおも押し黙っていた。

イシュトヴァーンはまた目を細めてグインを見つめた。

「どうしたんだ?――あいつの名前が思い出せないのか? 云ってみろよ。いや……云ってみてくれないかな。――いや、それよりか、あんた、ナリスさまが自分の足で歩いて、っていったよな。――あんたが知らねえわけはねえだろう。あんたは――どうしちまったんだ? あんたは、何を云ってるんだ? あんたは――あんたは――誰だ?」

「何を――」

グインは、打ちのめされたように感じながら、懸命に態勢を立て直そうとつとめた。

「何を云ってる。イシュトヴァーン」

「あんたは、グインだ。それは間違いようもねえ。――だが、あんたの……その話しようを聞いてたら、なんだか俺は――てめえが狂ってるのか、それともてめえの足元の地面が崩れ出そうとしてるのか……そんなわけのわからねえ気分になってきて、気が狂いそうになってきちまった。……あんたは、いったいどうしちまったんだ？　あんたに何事が起こったんだ？――さあ、云ってみろよ、グイン。あんたが本物のグインなんだったら、云えねえわけはねえだろう。ナリスさまは、何で、死んだんだ？　どこで死んだんだ？　どういう状況で、死んだんだ――？　誰の腕のなかで息を引き取ったんだ？　俺は、その場にあんたがいたのを、この目で見ていたんだぜ。あんたがそれを見ていねえ、とでも云うんだったら……」

イシュトヴァーンは、ちょっとぞくっと身をふるわせた。

「そしたらもう――俺が狂ってるのか、あんたが狂ってるのか――それとも何もかもが狂ってるのか、そのどれかしかありゃしねえんだ。……なんだか、世界そのものがおかしくなりかけてるような気がして――このままじゃあ、どうにもなるもんじゃねえ。さあ、云ってみろよ、グイン。もう、言い逃れは聞かねえぜ。ナリスさまは、何で、亡くなったんだ？」

「それは――それは……」

グインは目をとじた。

必死に、（イェライシャ、手助けをくれ、イェライシャ！）と念じてみる。だが、たまたま老魔道師がこちらに念を向けていないのか、それともグインの念じかたでは、イェライシャの注意を呼び起こすことができぬのか、何のいらえもなかった。

（イェライシャ！）

「云ってみろ。なぜ、云えねえんだ？　ナリスさまがさいごの息をひきとったのは、どこだ？」

「マ――」

グインは土壇場まで、追いつめられた。

あえぐように、彼はつぶやいた。

「マルガの……」

「おお、マルガの？」

「マルガの――」

（マルガの近く、ヤーナの村だ、グイン！）

ふいに――

天啓のように——というよりも、グインにとってはまさに天啓そのものとしかいいようもなく、するどい心話がグインの脳裏に飛び込んできた！

「ヤーナの村——といっただろうか。あれは」

グインはあえいだ。イシュトヴァーンは、なおも疑惑をといたようすもなかった。

3

「ふん――」

疑わしげに、イシュトヴァーンはグインをねめつけた。

「なんだか、様子が変だな。――じゃあ、云ってみろ。ナリスさまは、誰の腕の中で、何故死んだんだ？　俺が毒を飼ったと思ったやつもいたことは知ってるんだぞ」

「ナリス――どのは……」

グインは目をとじた。ふたたび、心話がやってくるのを待つ。それは間違いなく、イェライシャの心話であった。

「ナリスどのは、誰よりも信頼する宰相ヴァレリウスの腕の中で……俺の目の前で息を引き取られた。――おそらく、長年の衰弱がこうじて、もう健康を取り戻すすべもないまでになっていたのだろう。直接に何か病を発したというよりは、やはり、長い不自然な病床生活の無理がたたった、ということなのだろう」

「………」

イシュトヴァーンはなんとなく不平そうにグインをにらんだ。

「まあ、云ってることにゃ――間違いはねえが、それにしちゃあ、さっきのようすが腑に落ちねえ。――お前、確かに、ナリスさまが、自分の足で歩いて、ってなことを云ってたようだぞ」

「それは……」

こんどは、心話の助けを借りるまでもなく、グインはおのれの知恵をめぐらした。

「それは、だから、もののたとえというものだ、イシュトヴァーン」

「それにしちゃあ――なんだか……」

イシュトヴァーンはさらに追及しようか、それともとりあえず納得すべきかとひそかに迷いにつきあげられたように唇をなめた。それから、グインがしんそこほっとしたことには、肩をすくめて云った。

「わかったよ。まあいい、あんたがそういうんだったら――きっとそうなんだろう。あんたはただ疲れていて、いつもとようすが違って――きっと俺のほうもかなり疲れてるから、俺のほうも少しいつもと感じが違ったのかもしれねえな。俺ももう考えてみるとずいぶんと長いこと、この森のなかをほっついてるし、その前はまたまた長いことモンゴール征伐に遠征してるし、それもその前はパロ遠征してたわけだし――こういうの、なんていうんだっけな？　席のあたたまるひまもない、とかいうんだったかな」

「——ああ」

　恐しく用心しながら——前よりもさらに注意深くひとことひとこと考えながらグインは云った。

　イシュトヴァーンはなんとなくうろんそうにそのグインを見た。

「でもまだなんか納得できねえんだな」

　首をひねって、彼はつぶやいた。

「だが、それこそ——あんたがグインでなけりゃあ、いったい何だというんだ。こんなやつはこの世に二人といるわけがねえ、いてたまるか。いたらそれこそ大変なこっちゃ。俺がいってるのは、何もこの豹頭のことだけじゃねえ。——もしももっとほかにも豹頭の人間がたくさんいる国があったとしたって、それでもやっぱりあんたはほかの人間とは一緒にならねえだろうぜ。どれだけ見かけのそっくりな豹頭人身の男がたくさんいたとしても、俺はだまされもせずあんたを一目で見分けるだろう。——そのくらいのことは俺にだってわかる。あんたは普通じゃねえんだからな、それだけは確かだ」

「イシュトヴァーン」

　グインはひどい疲れを感じながらためらいがちに申し出た。

「その——すまぬが、ちとおのれの天幕に戻ってもいいだろうか？　かなり、こうして立っているのに疲れてからだがだるくてたまらぬのだが。このあと行軍しなくてはならぬのだろう。だとすると少しだけ——」

「何云ってやがる」

イシュトヴァーンはむっとしたようにいった。

「そんな、天下一頑丈ながたいをしやがって、このくらい立ってたくらいで何が疲れただ。——そうか、あんたは警戒してんだな。これ以上俺と話しててまたなんか突っ込まれるんじゃねえかって思ってやがるんだろう。だがまあいい、じゃあ戻るといい。だが、まだ当分出発はしねえぜ。さっきいったのを聞いてなかったのか。きょうはここでしばらく待ちなんだ。歩兵たちが木を切り開き、密林に騎士団の通り抜けられる道を造っている。かなり大勢でやってるから、それなりはかはゆくだろうが、それでも手間はうんとかかる。それまでは、俺たちはやることたあねえんだ」

「………」

「お前を帰してやるのは、なにもお前のいうことをもっともだと思ったからじゃねえ」

イシュトヴァーンの目が暗く燃えた。

「ちょっと、俺も一人になって考えてみたいことがあるからだ。お前がどうしちまったのか——それとも、俺がおかしいのか、とな。俺には考えることがたくさんあるんだ」

そのひとことともにイシュトヴァーンは手をあげて合図した。当直の騎士がすぐに近づいてきて、グインの腕をそっとつかんでひったてた。グインにはむろん、あらがう心持などこれっぽっちもなかった——むしろ、イシュトヴァーンの前から一刻も早くはなれたいという、それればかりであったからである。おのれの一夜とめられた小さな天幕はまだ片付けられていなかった。その中にもう一度入って、グインはほっとようやく深い息をついた。おのれがいまの短い会見のあいだにひどく疲れはてた気分になることに彼はいささか驚いた気持だった。

（いずれは——俺が中原の中深くわけいってゆき、おのれのいた場所に近く戻ってゆけばゆくほど、いまのようなことが、頻発してくるようになる、ということだ）

ぐったりと疲れた心持で、地面にじかに敷かれた、一夜彼が寝床にしていた毛皮の上に座り込みながら、彼はひそかに考えた。

（そう考えると——まだ、ケイロニアには当分向かいたくないし……それに、ケイロニアのものたちにもあまり顔をあわせたくない気持がする。——パロの女王リンダという女性とは、それほど密接なつながりだったのかどうかわからぬが、そちらだとまだ平気かもしれない。だが、ケイロニア王だの、ケイロニア皇帝のあとつぎだの、というような地位におかれて、非常に重要視されていたのだとすると——その俺が、いまのような状態になっている、ということは、ケイロニアという国に、どのような混乱をまきおこすことになるのだろう——また、俺はどのようなかたちでそれに巻き込まれてしまうか、予測がつかぬ、ということだ……）

（そのたびに、俺はこのように周章狼狽したり、もがき苦しんだりしなくてはならぬということになる。——だが、それにもまして——俺のもともと近しかった人々が失望落胆したり……混乱したり、またそのことで俺に腹をたてたり憎んだりするようになるかと思うと……いたたまれぬ思いがするな……）

（案ずるな、豹頭王よ）

ふいに、イェライシャの心話が頭のなかに割り込んできた。苦しい物思いに胸ふたがれた気分になっていたグインはむしろそれを歓迎した。

（おお、イェライシャか。最前はおぬしのおかげでまことに助かった。あれがなければ、俺はいまどのような状態にあるのか、イシュトヴァーンにすべて知られてしまうところだった）

（それは確かに危険なことだ）

イェライシャはすべてを遠くから心眼で見ていたのだろう。そう思うことは、また、魔道というものにまだ馴れぬ心持のいまのグインには、かなり奇妙な、不気味な心持がすることだった。

（だが、ちょっとよそに気を取られていたので助け船を出してやるのが遅れたが、イシュトヴァーンはあやしんだにせよ、彼の想像力では、まさかおぬしがどうなっているかなど、想像がつこうはずもない。このあとは、おぬしがそのような過去がらみで受け答

えせねばならなくなったら、気を付けてわしがあらかじめ知識を与えておいてやるようにすれば、あまり心配はいるまいさ）

（だが、そうそういつまでも、おぬしに厄介をかけているわけにもゆかぬ）

むんずりとグインは念じた。いつのまにか、さながら以前からよくわきまえていた技術がしばらく使っていなかったにもかかわらずちょっと使い始めるとたちまちおのれに戻ってきて、おのれの中にちゃんとあったこと、なくなったのではなくただ眠っていたのにすぎないことを思い出せるのと同様に、彼は心話で語りかけられ、それにむかって強く念を集中してその念を読ませることで返答する、というすべを、自分がよく知っていることに気付いていた。

（ナリスさま――といったな。正式には……なんといったのだっけな？）

（クリスタル大公アルド・ナリス。また、死の直前には、自らパロに反乱をおこして神聖パロ王国の国主を名乗り、神聖パロ初代聖王アルド・ナリスを称していた。きわめて古い王国パロのごく位の高い王族にして、最終的には第三王位継承権者――であったのかな。どの時期をもってそういっていいのか、わしにもわからぬ。いずれにせよ、彼はパロ国王レムス・アルドロスと双子の姉リンダ王女のいとこであり、つまり双子の父アルドロス王とアルド・ナリスの父アルシス王子とが兄弟にあたっていた。だが骨肉の争いが続き、アルシス＝アル・リース内乱という、兄弟が互いにパロの王座と女性の愛をかけての争いのあと、破れたアルシス王子は兄の身であったが野に下ってジェニュアの祭司長となり、その嫡子アルド・ナリスは不遇のうちに人となった。——まあ、ここでパロの歴史をひもといているほど暇ではあるまいが、ともかく、いろいろなことがあった末に、彼はいとこレムス王に背いた。彼の妻はリンダ・アルディア・ジェイナ、そのレムス王の双子の姉にして、おぬしが探そうと考えているパロの女王リンダその人だ）

（なんと）

グインは奇妙な衝撃を受けた。だが、おのれがなぜ、何に衝撃を受けたのかはよくわからなかった。

（アルド・ナリスとは、リンダ王女——だか女王だかの、夫？）

（そう、というか、そうであった、というべきだろう。反乱をおこす以前に、彼はレムス王とその腹心の陰謀にかかってとらえられ、きびしい拷問をうけて両手両足の不自由な、自分では起きあがることもできぬからだにされてしまった。爾後ずっと彼は寝台の上だけで生活してきた。せいぜい、車椅子で移動するくらいでな）

（なんと）

また衝撃を受けながら、グインは念じた。

（そうだったのか。——それで、イシュトヴァーンは、自分の足で——と俺がいったときに、あのような反応を——それは、かなり有名な話であったというわけだな？）

（おぬしの豹頭と同じほどに有名だよ。グイン）

イェライイシャが笑った。

（寝たきりのクリスタル大公アルド・ナリス。——やがては、寝たきりの神聖パロ国王アルド・ナリス）

（そんな——そんなからだで、反乱を起こしたというのか？　自分自身は、寝台から起きあがることもかなわぬからだで？）

（さよう、両足は腱を切断された上に、右足は太腿から切断され、その恐しい体験の後遺症にずっと苦しめられ、生まれもつかぬからだになりはてていたが、頭脳はさいごまで明晰きわまりなかったし、そしてまた、人望もあった。彼を補佐したのは信任あついパロの魔道師宰相ヴァレリウス、おぬしにとってもそれなりにゆかりのある人物だよ。聞き覚えがあると思っただろう）

（魔道師宰相ヴァレリウス）

グインはじっと考えた。

（なにやら、ひどく物語めいてきこえる響きだな、それは。寝たきりの反乱軍の指導者、というのもそうだが。——それで、彼は死んでしまったのか？　なかなか興味のありそうな人物であったのに、惜しいことをしたものだな。夭折だったのだろうな）

（きわめて若くしての死であったし、だが、また、あのからだを考えたら——そしてそ

のからだであれほどのことをしてきたと考えれば、よくぞ、あそこまでもったとも云わなくてはならぬかもしれぬ)

(あれほどのこと——)

(反乱軍をひきい、まがりなりにも神聖パロ王国をおこし——だが最終的には、その神聖パロに味方し、旧パロ王レムスを王座から逐い、パロ統一、平和の回復をもたらしたのは、おぬし、つまりケイロニア王グインであった、ということだけは覚えておいたほうがいい。——おぬしはアルド・ナリスの最期にかろうじて間に合った。アルド・ナリスはずっと、おぬしにこの上もなく会いたがっていた。それは、べつだんおぬしの助力を必要とするから、というだけではなく、おぬし個人というものに非常な興味をよせていたのだ。そして、イシュトヴァーンの強引な拉致によって、彼は非常に衰弱していたが、マルガ近くの戦場でおぬしと面会したとき、非常に喜び、おぬしにきわめて重大な後事を託した——はずだ。それについては、実はわしはあまり詳しいことは知らぬ。だが、ひそかにわしが思っていることがある。それは、おぬしにアルド・ナリスが託した後事、というのがすなわち、グラチウスがこのようにおぬしにつきまとい、かつおぬしの記憶を取り戻させようとじたばたしているゆえんのものではないか、ということなのだが。それはわしの推測では、まず十中八、九間違いなく《古代機械の秘密》にまつわっているものだからな)

（古代機械――）

グインは不思議そうに目を細めた。もっともかたわらにグインを見張るためにつきそっている兵士たちがいても、グインのようすは、べつだん、それほどおかしくは見えず、ただ、じっと何か深く考えごとにふけっているようにしか見えはしなかったのだが。

（なんだか、不思議な響きのあることばだ！　それは、なんだか、俺にとってはかかわりのあるもののような気がする。その響きをきいたとき、なんとなく、ただごとならぬ感じがした）

（まさに、そのとおりさ。そしておそらくグラチウスはその記憶をなんとかおぬしに取り戻してほしいのだろう）

（俺は――そのなんとかを、よく知っていたのか？）

（それについて知っている者は誰もいないのだ）

イェライシャはしかたなさそうに答えた。

（だからこそ、それはいまや世界最大の秘密なのだよ。もともと世界三大秘密のひとつであったのに、いまとなっては、おぬしがヤヌスの塔の地下のそれを永遠に封じるよう、ヴァラキアのヨナに命じてしまったばかりに、永遠の世界の最大の秘密になってしまっている。だからこそみな、おぬしをそのままにしておけぬと考えるのだ）

（待ってくれ）

グインは――あくまでも比喩的にではあったが――悲鳴をあげた。

(おぬしのいうことはあまりにも大変すぎて、俺にはどうしていいのやらわからん。そのようなことをいわれては――俺はなんだか、おのれの記憶が戻ることさえも怖くなってしまう。おのれが何を知っているのか、知らぬのかさえわからぬのに、あとからあとから、とうていすべてをわきまえていてさえ制御しかねるような、とてつもない秘密だの、知識だの、事情だのばかりが出てくる。――俺が、アルド・ナリスを助けてパロの統一と平和の回復をもたらした、だと？　だが俺にはまったく、そのことばの意味さえもよくわからぬのだ。――俺はどうしたらいいのだ？　俺は――なんだかまるで、まったく見知らぬ世界のなかに裸のまま無防備に放り出された頑是無い赤児のような気がする。いや、比喩ではなく、じっさいいまの俺はそのようなものなのだろう。――だのに、イシュトヴァーンもおぬしもみな、いろいろな俺のしたこと、云ったこと、やったこと、ああもあった、こうもあった、というようなことを教えてくれる。一朝一夕にはとうていすべて聞くことだけでさえ出来ぬほどのたくさんのことだ。いったい、俺は何物なのだ？　いったい、何をしてきたのだ、そんなにまで？)

(それはもう)

イェライシャはかなり気の毒そうであった。同時にまた、かなり真剣に案じてもいた。

(おぬしは、ケイロニアの豹頭王、この世界きっての、世界屈指の英雄、ケイロニアの豹頭王グインなのだよ。——それは、そういうことなのだ。そしてそれは、おぬしはべつだんそうなろうと努力してかちとってきたというわけではない。おぬしはつねに、ただおのれ自身であっただけのことだ。それが、最終的にはそのような結果につながっていった。——案ずることはない。たとえ記憶を失っていたとしても、おぬしのありよう、その力やその本質は何も変わっていないことはわしにはわかる。仮に何ひとつ思い出さぬままでも、おぬしはいずれまた、必ずやあらたな伝説を作り、あらたな驚くべき功績をその豹頭王の伝説、つまりはグイン王のサーガにもたらすであろうよ）

（そのようなことをしたとて、何かいいことがあるとも思えんな）

グインはべつだんひょうきんないらえをするつもりもなく答えの思念をかえした。

（俺はそんなサーガの主人公になどなるよりも、おのれが何者であったかが判然とするほうが、はるかにはるかに有難い心持がする。——だが、結局のところそのアルド・ナリスという人物にまつわる話もまた、それだけで相当に膨大なものになりそうだ、ということもわかった。当面は俺はおのれのことで手一杯だ——だが、あのイシュトヴァーンは、かなりそのアルド・ナリス王にこだわっていたな）

（アルド・ナリスはそれはそれでこの中原の重要人物の一人であり、歴史を大きく動かした人間でもあった。——そしてその彼がみまかったとき、おぬしは彼をじっと見守っていたし、そしてイシュトヴァーンもそこにいた。いや、そもそもイシュトヴァーンが、彼の死の遠因を作ってしまったのは彼がいかに否定しようと間違いないし、また、彼が死んでいったのははじめておぬしに会ったその場であったことも疑いようのない事実だ。――あえていうなら、彼は病み衰えたからだで、ただいさいごに一目おぬしに会いたいという一念だけで生きながらえていた。それが結局、おぬしに会うことが出来、そのさいごの緊張の糸がぷつりと切れて、弱り果てたからだがもう、生きのびる力を喪った、ともいえる。――その意味では、おぬしもイシュトヴァーンも、どちらもアルド・ナリスの死にはかかわっているといっていい）

（そうなのか……）

グインは考えた。

（だが、そういわれても――いまの俺にはそれは顔もわからず、またどのような人物であったのかも実感のない人間だ。その死に俺の責任があるといわれても、なんとも反応のしようがない。だが、イシュトヴァーンは、そのことをたいへん痛切に感じたのだな？）

（ゴーラのイシュトヴァーン王は、長年ずっとアルド・ナリスにこだわりつづけてきたのだ）

イェライイシャは懇切に教えた。

（それはいろいろなえにしがあってのことでもあったのだが、それ以前に、イシュトヴァーンにとってはアルド・ナリスとおぬしグイン、この二人の存在というのは非常に大きなものであったのは疑いをいれぬ。おぬしとは非常に古い知り合いであったし、ずっとともに戦ったり旅もしてきたので、当然かもしれぬが、イシュトヴァーンがアルド・ナリスといつどこで、どのように出会ってあのようなひっかかりをもつにいたったか、というのは、正直のところ、その当時には彼はほとんど、中原の重要な情勢などとはかかわりのない人物であったので、われわれ魔道師は観相の対象とはしていなかったのだよ。いかにさかのぼっても、一回も観相の対象としていないものは、その資料を探しようがない。そういうわけで、いつどのようにしてアルド・ナリスとイシュトヴァーンが出会ったのかはわからぬが、いずれにせよイシュトヴァーンはアルド・ナリスと出会い、そして強い影響を受けた。たぶん、おのれにないものをすべて持っている——高貴な生まれや、女性にまがう美しさや、鋭利な頭脳と強靭な知性、そしてまれにみる教養、といったような——イシュトヴァーン自身は、ようやく努力して文字の読み書きを覚えた程度の下層階級の出身だ。ありていにいって、チチアの廓の酒場女の父なし児だからな。それゆえ、イシュトヴァーンにとっては、おそらくアルド・ナリスというのはひとつの象徴であったり、あこがれであったりしたのだろう。それゆえに、イシュトヴァーンはずっとアルド・ナリスを手に入れたがっていたのだろう……もしも彼が、彼というのはアルド・ナリスのことだよ——女性でありさえしたら、イシュトヴァーンはアルド・ナリスを掠奪してでもおのれの王妃にし、それですべておさまったのだろうが、あいにくとアルド・ナリスはれっきとした男性だった。それで、どうしても結婚によってその下層階級から脱出し、王位への権利を手にいれなければならなかったイシュトヴァーンは、モンゴール大公アムネリスを幽閉から救出し、彼女と結婚することでモンゴールの将軍、大公の夫の地位を手にいれ、そのあとは強引にゴーラの王の座を力づくで奪いとった。――だが、それは本当はイシュトヴァーンの望んでいたものではなかったのだろう。だから、彼はマルガに神聖パロ王国のこころもとない行政府をかまえたアルド・ナリスを襲って、誰もが味方だと信じて安心していた裏をかき、マルガ市民を惨殺し、アルド・ナリスをひきさらったのだ。それをはばんだのもまた、グイン、おぬしだった。おぬしはイシュトヴァーンとの一騎打ちでイシュトヴァーンを押さえつけ、イシュトヴァーンを殺すかわりにおのれのクリスタル遠征に同行するようにさせた。だが、イシュトヴァーンによるその拉致は病身のアルド・ナリスには耐え難い負担だった。それで、アルド・ナリスは息を引き取ることになったのだ。さいごのさいごにおぬしと出会えた満足感のうちに)

(俺の知らぬ、俺自身の人生――)

グインはふいに、両手でおのれの豹頭をつかんだ。

「どうされたのでありますか？」

あわてて、天幕の入口に立っていた見張りの兵士が声をかける。グインは呻いて、顔をあげた。

「何でもない、すまぬ。少し考えごとをしていたのだ」

「……」

なにごともないとみて、また見張りがもとの姿勢にかえるのを待って、グインは痛切な思念を送り出した。

(俺にはわからぬ。――俺はどうしたらいいのか、ますます――おぬしの話をきいていて、わからなくなってきた。俺は何も思い出せぬ。俺の思い出せぬ光景ばかりをおぬしは、俺の人生の場面として繰り広げてみせる……だが、それはいずれもおそろしく重要なものばかりで――俺には、どうしていいのかわからぬ。いずれ遠からぬうちに思い出せればよし、もしそうでないとしたら、俺は――俺はやはり、気が狂ってしまうのではないだろうか。これほどたくさんの、俺でない俺、俺のした覚えのない事跡、俺には実感のもてぬつながりや過去の出来事におおいつくされて、俺は、記憶を取り戻す以前にまず、おのれの正気が破綻してしまいそうだ)

4

（わかるよ）

同情的にイェライシャはなだめた。

（そのおぬしの心持はよくわかる。まったく事情は異なるが、わしは五百五十年ものあいだ、あのグラチウスのためにユラニアの首都アルセイスの地下深く、魔道によって封じ込められ、動くこともできなかった。その長い、長い年月のあいだ、いずれ運命の手によっておのれが救出される、ということはわかっていても、恐しい不安と恐怖と苦痛とに、いくたび正気を失いかけたかわからぬ。まったく違う事情だとはいえ、おのれの正気を疑ったり、あるいは正気を失ってしまう苦しみはわしにはよくわかる。それだけでも、わしは、おぬしがちゃんと記憶を取り戻すか、これでよしとなるまで、面倒をみてやらなくてはならぬ——それが、それほどの恐しい幽閉から助け出してくれた、わしをよみがえらせてくれたおぬしへのせめての恩返しだと思うのだ）

（それもまた、俺がしたことなのだな。かつての俺——俺のあずかり知らぬ俺が）

グインはまたそっと両手で頭をおさえたが、見張りの兵士を驚かさぬよう、それほど大きな素振りではなかった。

（もういい、イェライシャ、しばらくそっとしておいてくれ。俺は一人で考えたい。なんだか、頭が割れそうに痛むような気がするのだ）

（わかった）

イェライシャの思念はすいと消え失せた。そしてもう、何も気配はなかった。しばらくのあいだ、グインはまた、毛皮の上にうずくまったまま、じっと苦しみにたえ、吐き気と、そしておのれの正気を疑うおそろしい苦悶をこらえていた。おのれがこのさきどうしていいのかもよくわからず、また何が正しいとも信じることはできなかった。

（俺は――俺はどうしたらいいのだろう）

もしかして、ハラスたちにあのような運命を招きよせてしまったことも、おのれが記憶を失っていて、同時に正しく判断したり行動したりする能力をも失ってしまっているからではないのか、という恐しい、苦しいおそれは、つねにあれ以来、グインからかたときも去ろうとしなかった。セムの村で彼をずっととらえていた憂悶でさえ、こうして中原に、彼のもともとの生活の場に戻ろうとするいま、彼をとらえてしまった恐怖心と苦しみにくらべたらものの数ではなかった。

（ケイロニアには……戻れぬ……）

グインは思わずも洩れてしまう呻きを懸命にこらえようとしながら思った。

（俺は……このようなすがたを、俺の親しかったものたちに見せて失望させるわけにはゆかぬ。アキレウス・ケイロニウス――名前をきいただけで、俺の中にあたたかな慕わしいものをおこさせた、その名。俺を将軍としてとりたて、最終的には俺をその娘の婿として、義理の息子としてケイロニア王につかせてくれた偉大な皇帝だという――そのような人物が、こんなふうに苦しみまどうばかりで何も出来ず、何もきめられず、何も判断できなくなってしまった情けないこの俺のすがたを見たら、どんなにか失望するだろう。――俺を豹頭王、英雄と呼んでくれていたというケイロニアの人々は、ふぬけになったこの俺をみてどのようにがっかりするだろう。そしてまた俺はこの豹頭を異形とよばれ、追い立てられ、いみきらわれるようになってゆくのではないか――わからぬ。何もかもわからない。なぜ、何がおこって、俺はこのようになってしまったのだ？　これは、回復する見通しはあるのか？　俺は――俺はどうなってしまうのだろう？）

啓示を示させ給え――と、身を投げ出して祈りたくても、グインには、そもそも、この世界がどのような宗教、どのような神々によって支配されているのかさえも、わからなかった。セムの村では、セムたちが、《アルフェットウ》と呼ばれるセムの神を崇拝し、毎朝それのいるとされる山々の彼方にむけて礼拝していたが、それはもとよりグインの神ではない。

（わからない。何もかも——どうしたらいいのかも。誰に、どうしたらいいのかと聞けばいいのかも）

パロの女王リンダのところへゆきつきさえすれば、何かがわかるのではないか——

そのようにずっと思っていたのもまた、おのれの、この苦しみから逃れるなんらかの光を見つけたい、というだけの気持であったのかもしれぬ。

（それに——パロの女王リンダが、その——クリスタル大公アルド・ナリスの——妻？　そうなのか——そういうことは想像していなかった。いや、その夫を失っていまは未亡人であるにせよだ——それでは、彼女にとっては、俺のような豹頭のおかしな怪物は、かえって、迷惑なだけのぶきみな来訪者にすぎなくなってしまうのではないのか？　だとしたら、俺があらわれたら、彼女はイヤがって俺を追い払おうとするのではないか？　考えてみれば、彼女と俺とはどのようなつながりを持っているのか、まったく俺にはわからぬのだった。——だったらまだ、ケイロニアの人々を頼ったほうがいいのだろうか？　少なくとも、かれらは、最前のイシュトヴァーンのように、俺が記憶を失っていることを決して明かしてはいけないような人々だとは思われぬ。——イシュトヴァーンは、もしも俺が記憶を失っていると釈明しても、信じないだろう。だが、信じたときにはさらに何か——それを、俺にとっては非常におそるべきふうに悪用されはせぬか、それをたてにとって、おのれの思ったように操れる、と思ってしまいはせぬか、という気がしてならぬ。……だが、ケイロニアの人々は……)

(だが、そうであればあるほど、俺は——それが出来ぬ。もしケイロニアの人々が記憶を失った俺でもあたたかく迎えてくれ、俺が記憶を取り戻せるよう力を尽くしてくれるとしても——いや、そうであればあるほど、俺は辛くなるだろう。かつての俺のようでないこと、かつての俺はどのようであったかさえわからぬこと——俺と親友であったといわれる人々、もっとも俺にちかしい人々であればあるほど、俺のこのいまのような状態を心配し、情けなく思い、胸をいためるだろう。——アキレウス皇帝もそうだろうか……どのような人物なのだろう。なんとなく、大きなあたたかい、そして包容力のある剛毅な人のような印象があるが……)

(そのような人達であればあるほど、失望させるのが嫌だ、と思うのは俺の我儘勝手なのだろうか。——だが、また、確かに、そういう身近なものたちのあいだにいたほうが、記憶の戻るきっかけは多いのかもしれぬ。現にアキレウス帝の名だの、ヴァレリウス宰相だのの名は俺のなかにあきらかに何かをもたらしたし——)

(シルヴィア)

(俺には妻がいるのだという——子供はいないが、妻がいて……その妻というのはどんな女なのだろう。——こんな俺の、こんな異様な豹頭でもよいと——夫と呼んでよいといってくれたというのは、いったいどうしてなのだろう。どういうめぐりあわせで——想像もつかぬ。俺が女だとしたら、もっとも不気味で夫にするなど考えたくもないと思うような外見だろうに。——どうして、その女性はアキレウス帝の皇女というような高貴な身分でありながら、俺を夫に迎えることを賛成してくれたのだろう。——わからぬ。何もかもわからぬ)

(苦しい。——何もわからぬままに生きてゆかねばならぬというのが、こんなに苦しいことだったとは知らなかった——いや、知っていようはずもない。だが、このままでは俺の頭は張り裂けてしまいそうだ。内側から、苦しみの内圧がたかまっていって、それにもちこたえることが出来なくなり、はじけてしまいはせぬかという感じがする——どうしたらいいのだろう。どうしたら)

グインは、両手でそっと頭を、かかえこむというより覆い隠すようにして、自分の膝の上に頭を垂れた。眠りこんでしまったかのように見せて、見張りの注意をひかぬようにつとめたかったのだ。

奇妙なうちのめされた、打ちひしがれたような絶望が彼をとらえていた。これまでも、ずっとセムの村で彼は幾日となく、同じ姿勢で顔を膝の上に垂れ、両腕と肩でその顔を隠すようにして、うずくまったまま、苦しいあれこれの思念に心をとられながら過ごしたのだった。それを心配して、セムのシバや、ラゴンのドードーがあれこれと話しかけたり、介抱しようとしてくれること、そのものが、すまないながらもひどく鬱陶しく、わずらわしく、むしろ、そのままもう打ち捨てておいてほしいような気持にとらわれていた。声をかけられ、案じられればそれに対して返事をしなくてはならぬ。そのようにして、いらえをしなくてはならぬことそのものが、ひどく苦痛なときもあれば、逆にまた、そうして気にかけてもらうことだけが、唯一の救いのように思えてすがりつきたいときもあった。

いまは、まわりにいるのは親切だが何も知らぬセムやラゴンではなかった。イシュトヴァーンは決してグインがこんな苦しみや迷いをかかえているとは知られてはならぬ相手であったし、すでに疑惑を抱かれている、という不安もあった。イェライシャがいろいろと助け船を出してくれるとはいっても、イェライシャがすべてのおのれの人生の場面に立ち合っていたわけではないだろう——と、グインは考えていた。逆にイシュトヴァーンとは、ずっと共に旅をし、親しくつきあっていた一時期があったようだ。その、イェライシャのあずかり知らぬ時期のことについてもしも、さきほどのように突っ込まれ、問いただされたとしたら、グインには答えようがなかった。記憶がないのは自分の人生の、ノスフェラスで目覚める以前のどの時点についても同じであったが、過去にさかのぼればさかのぼるほど、いろいろなことがあったのだろうし、しかもイシュトヴァーンは話のようすでは、かなり昔から彼と近しくともに戦ったり、いろいろともめたりということがあったようだ。いろいろなかかわりがあればあるほど、イシュトヴァーンはそれをグインがよもや忘れるわけはあるまいと考えるだろう。イシュトヴァーンにはいくらでもグインを問いつめる切り札があり、そしてグインはいわば徒手空拳なのだ。

（そう考えれば——もしも本当にイシュトヴァーンにあやしまれてしまったのだったら、いますぐにでもここから脱出したほうが無難なのだろうが……）

だが、もう一度同じことをこころみた場合には、今度こそ、イシュトヴァーンの本当の激昂をかって、ハラスが惨殺されるのはむろんのこと、それで万一おのれがまたイシュトヴァーンの手に落ちた場合には、イシュトヴァーンはそれこそどのような手段を使ってでもおのれの不審をはらしにかかるだろうと恐れられた。それは、何があろうと避けたいことだった。

（追いつめられた……）

おのれが、かつてのおのれの人生のなかで、どのくらいの回数、そう思ったのかはわからぬ。

だが、いまは、彼がこのいまの——いわば《新しい》おのれ自身として、記憶をもたぬままに目覚めてから、はじめての、本当の窮地だと彼には感じられた。ノスフェラスを歩くことも、セムの村に垂れ込めていることも、ラゴンのドードーとの死闘も、そこまで窮地に追いつめられた気持はひきおこさなかったが、いまは、おのれがひどく追いつめられ、逃げ道を失っている、と感じられてならなかった。

(あくまでも——二度とはつかまらぬつもりで、やはり逃げたほうがいいのだろうか。ハラスをも見殺しにして……)

二度とはつかまらぬつもり——といったところで、ここはルードの森だ。グインひとりでは方向もわからぬ。

むろん、イェライシャや、場合によってはザザとウーラに助けを借りることは可能だっただろうし、グラチウスはせっせと助力したがっていた。だが、それに乗ってしまえば、またこんどは、つい近くまできているというケイロニアの救出軍のもとに送り込まれることになるだろう。それもまた、いまのグインにとっては、別の意味での虜囚になることにひとしい。だが、アルド・ナリスの話をきいてから、最初は唯一にして最大の救いの光明のように思われていた、《パロの女王リンダ》をたずねることにも、にわかなためらいや気後れがさしてきていた。リンダに歓迎される、という見込みがなんとなく、望み薄であるように思われ、おのれの突然の、しかもケイロニア王としての軍勢や地位や、記憶までも失っての一介の流浪の狂人としての訪問を、パロの女王、と呼ばれるようなあいてが、歓迎するわけがあろうか、ひどく迷惑なことをしでかそうとしているのではないか、という気持がしはじめていた。

(どうしたらいいだろう。——どうしたら……)

　グインは、じっと膝のあいだにうなだれたまま、どこにも行き場のない思考を堂々巡りさせていた。そうしていると、しだいに苦しみがつのってゆくことは、セムの村での経験からよくわかっていたのだが、それでも、そうしていればまだ多少は楽なくらいだった。そうでなければ、頭をつかんで大声で叫びだしてしまいそうだったのだ。

　その、ときであった。

（なんだ——これは……）

　ふいに、はっとしてグインはおもてをあげた。

　その、絶望的な心の暗闇のなかに、まるで差し込んだ一条の光にも似て——かすかにきこえてきたものがあったのだ。

（なんだ。この音は……）

　グインは、あたりを見回した。見張りの兵が、ふしぎそうにグインを見つめている。

（これは……）

　優しい、弦楽器の調べとも聞こえるもの。

　それにあわせて、かすかな、ここちよい、えもいわれずここちよい歌声。

（誰かが——歌っている。……この歌は、何だ……誰が、歌っているのだ？）

「どうか、されましたか。陛下」

　見張りが、たびかさなるグインのおかしなふるまいがとうとう目にあまると思ったらしい。こちらに近づいてきて、たずねた。グインは狂おしい目で、ゴーラ兵を見つめた。

「この音は――この歌は、なんだ？」

「歌――？」

見張りの兵士はひどくびっくりしたように、グインを見返した。まだ若いゴーラ人だった。にきびの残るほっぺたを見れば、まだ若い、というよりは、まだ幼い、といいたくなるような年齢なのかもしれない。大きく見開いた目が灰色だった。

「歌など、何も、聞こえませぬが……」

「そんなわけはない」

グインは、あいてにつかみかかりそうな焦燥感を懸命におしこらえた。

「聞こえぬわけがなかろう。――ほら、こんなに――いまも――しだいに大きくなる。歌っている……ほら、歌っている――これだ、この……」

もどかしげに、グインは手を耳のまわりでふりまわした。音がつかめられるものなら、その手でひっつかんで、とりだして指し示したかった。

「は――？」

見張りの兵士はきょとんとしたままだ。それをきいて、もうひとり、反対側に立っていた見張りの兵士も寄ってきた。

「いかがなさいましたか」

「おぬしには聞こえぬか。——これは何という曲だ？　俺は——俺はこの曲をきいたことがあるぞ。古い歌だ、そうだろう……ここちよい調べだ。それに——なんともよい声だ。さわやか、というのでもないが——気持のなかにしみこんでゆくような、優しい——まことに優しい声だ。それに……」

「陛下——？」

見張りの兵士たちは顔を見合わせた。

「御加減でも、お悪いのでございますか？　誰か、もっと上のものをお呼び致しましょうか？」

「………」

グインは、狂おしい目で、また二人の少年を交互に見回した。

「お前も聞こえぬのか？　お前もか？」

「はい」

二人は思わず顔を見合わせる。

「何も——聞こえて参りませぬが……いや、ちょっと外でいろいろな声とかは聞こえておりますが、あれは伝令の声や——馬のいななきや……」

「鳥のさえずりではございませんか？」

「そんなものじゃない」

グインは荒々しくさえぎった。彼のトパーズ色の目は狂ったような光をうかべていつになくぎらついており、見張りたちを思わず怯えさせるほどの炎をたたえていた。

「聞こえないのか。どうして、あんなにはっきりとした歌声が聞こえないのだ。――俺には聞こえる。さっきからずっと聞こえているし、大きくなってくるばかりだ。――ほら、こんなに……」

グインは、二人の顔をみた。

そして、大きく肩で息をした。きょとんとした兵士たちの顔をみていれば、とうてい、かれらが、グインを騙そうとしているとも思えなかったし、そのようなことで騙したところで何のいいこともありそうにも思えぬ。

「――もういい」

彼はにぶい声で云った。

「空耳だな。つまらぬことで騒ぎたててすまなかった。また、見張りの仕事に戻ってくれ。俺も大人しくする」

「いえ……」

「べつだん、何でもございませぬが……」

見張りたちは、なんとなく釈然としない顔を見合わせたが、それ以上どうなるということもなさそうだと、また天幕の入口に戻っていって、両側にわかれて、槍を手にして立った。

どちらもまだまるで子供のような顔をしているな、という感慨が、こんなさいではあったがグインの胸をかすめた。こんな子供がずっと郷里をはなれ、苦しい遠征にかりたてられて、こんな異郷まできているのか、というような。

(もしも、この地で戦いにたおれ、その死に方もわからぬ、というようなことになったら、親はさぞかしふびんがかかるだろう。——いや、それ以前に、とにかく、いったいわが子がどこで、どのような死に方をしたものか、そのなきがらは野辺に打ち捨てられてどのようになったのか、それを思って一夜としてもう、安らかに眠れるときは一生にあるまい。気の毒な話だ——ん……)

またしても、何かがおのれの心の扉をかるくつつく——のを、グインは感じた。

(なんだ、これは……)

何か、見知っている、という感じ。そうそう、そんなこともあった、というような感じ。

だが、思い出せない。それは、いっそう彼を苛立たせ、苦しみを増すために彼を訪れてきたかのようにさえ思われた。

(そうだ——歌……)

歌声は、まだ、なくなったわけではなかった。

ただ、まるで、グインの関心が一瞬それたことを、歌声そのものが知ってでもいるかのように——遠い潮のように退いていたのだ。それが、グインの気持ちがまた戻ってきたと知るや、さっとまたたかまってきた——というような、なんともいえぬ奇妙な感じがした。

(ああ——きこえる。たしかに聞こえる……)

もう、兵士たちに確かめようとは思わなかった。

それに、おのれ一人に聞こえているだけなのか、それとも空耳か、それとも——などということは、もう、どうでもよくなっていた。

(ああ——この歌だ。そうだ、この声だ……この——)

(なんだろう。なんという曲だろう、心騒ぐような——だが、心にしみいるような……まるで、魔女サイレンが歌っているかのようだ。——いや、だがこれは明らかに男の声だ。それも決してまだ年をとっていない。——だが男とは思えぬほどやわらかな、優しい声だ。なめらかに高い……いや、だが下のほうでは力強くひろがる。——美しい声だ。いや、美しいというよりは——ひとの心にそのまま無防備にしみこんでくるような声だ。どんなに結界を張っても——この声には勝てまい、というような……)

(なんだ?　なんといっているのだろう?　このことばは——よく聞き取れないもどかしい。

もっと、よく聞きたい——それよりも、その歌い手、同時にもしもかなでている楽器も同じ人間がやっているのだったら、そのものをよく見たい——その強いもどかしさが、グインのなかにこみあげてきた。

(なんだか、懐かしい——いや、ひどく懐かしい……たまらぬほど、懐かしい……)

(どうしたのだろう。なんだか、胸の芯のそのまた芯のほうから、ゆっくりと濡れてうるおってくるような——なんともいわれぬ不思議な感じがある。こんな——歌にこんな力があるものだとは、俺は思ってみたこともなかったが——というより、歌、などというものがあることとさえ……あのセムの村で、そしてあの苛烈なノスフェラスで、この暗いルードの森で、すっかり忘れ去っていたが——)

(いや、歌、などということばさえ……忘れていたくらいだ。……だが、そうだ——この歌は知っている。いつか、どこかで聞いたことさえある——いや、この歌ではないかもしれぬ。——だが、この歌のような、懐かしい歌だ。どの歌も同じ懐かしさをもっているのだろうか？　それとも、この歌が——この歌い手が、そういう思いをこめて歌っているのだろうか？)

(ああ——もっときかせてくれ。なんだか、癒されてゆく——さっきまでの、あれほどの苦しみも、つらさも、どうしてよいかわからぬ心地も、なんだか、この歌もろともに癒されてゆく——しっとりと歌の翼に抱き取られ、そっと安らぎの岸に連れおろされるかのような――いったい、誰だ。これを歌っているのは、誰だ！）

（よほどただごとならぬ歌い手に違いない――とても有名な歌い手なのか、それとも……歌の神に深く愛された歌い手か……）

（だがこれは……いったいどこから聞こえてくるのだろう？）

「ちょっと、外の様子を見てもかまわぬか？」

グインは見張りに丁重にきいた。

「外に出るのではない。天幕の外を見るだけだ」

「………」

見張りたちは困ったように顔を見合わせたが、それはイシュトヴァーンに禁止されていたわけではない、という結論に達したのだろう。ためらいがちにうなづいた。

グインは、見張りがあげてくれた垂れ幕から首を出して、あたりのようすを見た。誰か、ゴーラ軍のなかで達者なものが歌っている、という可能性は、あまりにも少ないように思われたが、それでも、そう考えるのが一番自然だろうかとも思われた。首を出すと、たちまち湿っぽい森のかおりと、切り倒された木々のにおいがぱっとたちのぼる。湿った土のにおい、かがり火の煙のくすぶるにおい。

むろん、誰も歌ってなどいなかった。歌声は中空にかき消えていた。

何か恐しく大切なものを、見せられて、それからいきなり隠され、見失ったような、足元をいきなりはずされたようなこころもとなさがグインをとらえた。グインはよろよろと、天幕のなかに戻り、崩れるように座り込んだ。もう、歌声はきこえなかった。その、歌声がふっと途絶えてしまったことが、おそろしく残念だった。それに比べれば、

（俺はこれからどうしたらいいのだろう？）という、いまの煩悶さえも、大したこともない苦しみにすぎないようにさえ、グインには感じられはじめていたのだった。

第四話　ルードの奇跡

1

その奇妙な、不思議な歌声は、それきり、いくら待ってもグインの耳にきこえてはこなかった。

グインは、日中ずっと、天幕の中にしょざいなく座ったきり、いろいろ考えたり、またあの歌声がきこえてこぬかと耳をすましたりして長い無為の時間をやり過ごしていたのだった。一回、当番兵が簡単な食事を運んできた。あまり食欲もなかったがグインはそれを食べた。体力をつけておかなくてはいけない、と痛切に感じていたのだ。

イシュトヴァーンからの呼び出しはそれぎりかからなかったし、隣の天幕で、イシュトヴァーンがどうしているのか、軍議でもしているのか、それともグインと同様に所在なくすごしているのか、それさえもわかるすべとてなかった。だが、いまイシュトヴァーンと顔をあわせることを、グインはかなりおそれていたので、かえって呼び出しがないのは心休まることだった。

見張り役をおおせつかっている兵士たちは、グインのことを畏敬しつつも、少し怖がっているようすがなんとなく感じられた。まだうら若いかれらにしてみれば、無理もなかったのかもしれぬ。途中で、二回、かれらは交代したが、どの組のものも、天幕の中に入ってくるといくぶんおそるおそる、といったようすでグインを見つめ、それからあわてて目をそらしてなにごともなかったように見張りにたつのだった。

かれらは極力グインに話しかけまいとしたし、もし話しかけられると礼儀正しく「はい、陛下」と答えはしたが、グインもまた、いまはひととうてい親しく話をしたい気分にはなれなかったので、それほどこちらからあれこれとこのような若い下っ端の兵士たちあいてに話してひまをつぶしたい、という気持にもなれなかった。グインが静かに座っていると、兵士たちはまるで彫像のように、何も考えてはおらぬかのようにじっと立っているだけで、まったく表情も動かさなかった。そのようにしつけられていたのかもしれなかった。

それゆえ、グインは、かれらにさほどおびやかされることも、その見張りを邪魔に思うこともなかったかわりに、かれらとのあいだに親しみが生まれるということもなく、おのれの思念に没頭することが出来たのだった。彼は、むしろそれを歓迎した。考えなくてはならぬことがあまりにもたくさんあったからである。特に、そこにいまではあらたに、最前のあのふしぎな歌声――彼にしか聞こえなかった歌声、という要素が加わっていたので、なおのことだった。

やがて、まだ夕方には少しだけ間がある、というくらいの遅い午後になったとき、当番兵が「ほどなく出発いたします、陛下」と告げにきた。それから少ししてグインは天幕から連れ出され、また縄をかけられ、あらたな馬に乗せられた。天幕があわただしく片付けられた。外に出てみると、イシュトヴァーンの本陣となっている天幕はとっくに取り片付けられたあとで、ぺちゃんこになった草だけがそれのあとをしるしているばかりだった。イシュトヴァーンのほうはもう、馬にのって出発してしまったのだろう。親衛隊のすがたもなかった。グインは厳重に、二個小隊ばかりの真ん中に取り囲まれて、また行軍がはじまった。

あわただしく歩兵たちが切り開いた道は、だが、馬でいってみると、歩兵たちに気の毒なくらいにすぐに尽きてしまう道だった。それでも、ものの一ザンから一ザン半も進んだのだろうか。だが深いルードの森はいっこうに尽きるとも思えぬ。いったん休憩し、それからまた進んで、さらにまたしばらく、切り倒された切り株がごろごろとそのまま残っている、ただ木を切り払って一応馬が通れるようにした、というだけの道とはいえぬ道をゆくと、それできょうの行軍はもうおしまいであった。道の左右にはおびただしい切り倒された木々が真新しい切り口を天にむけたまま積み上げられており、それはさながら、この深い、人跡未踏の大森林に切り込んだ人間たちの《文明》という名の——あるいは人間存在という名の刃の長い傷あとのようにみえた。

たぶん、トーラスからハラスたちを追ってきたさいに、同じようにしてケス河畔まで切り開いた道のほうが、イシュトヴァーンの焦りが少なかったゆえか、森を切り開いて進むのにやや時間をかけられたのに違いない。そちらのほうが、ややまだ切り株を取り除いたり、巨大な石はのけたりして整地してあったのですすみやすかったが、今度の道は、ただ単に木を切り、両側に並べて積み上げて真ん中を馬がかろうじて二頭並んで通れる広さを作った、というだけだったので、かなり進みにくかった。馬たちは、一歩ごとに、足をおろす場所を慎重に探さなくてはならなかったし、うかうかと速度を出させると、切り株にけつまづいて騎手を投げ出してしまったりするおそれもあった。それゆえ、一ザン半ほどすすんだといっても、じっさいの速度はかなり遅かったし、ましてや、糧食やほかの物資をつんでさいごに続いている輜重部隊の荷車や、ハラスをのせている馬車などは、さらに大変で、最後尾からおそろしく遅れてやってくるのがやっとのようだった。この調子では、ルードの森を出るのにいったいどのくらいかかるか知れたものではなさそうだった。

ふたたび、まだ切り開いていないルードの森を前にしての夜営となった。だが、イシュトヴァーンのさしむけた偵察隊の報告は、まもなくさしものルードの森もきれ、ユラ山系のふもとに出る、というものであったので、歩兵たちはそれだけを希望に、そのま ま、騎士達が夜営に入っても、かなり日が落ちて暗くなってくるまで、せっせと木を切り開いて道をつけるために働きつづけた。木を切り倒す斧の音、倒れる木が地面に落ちてたてる地響きなどが、強引に切り開かれる人跡未踏の森のあげる悲鳴のように無人の山林に響いてゆく。日が落ちてくると、またグールや死霊やほかの野獣たちをおそれて、盛大なかがり火をたきながら、作業がすすめられた。さいわいにして燃やすものは無尽蔵にあった——むしろ、それがまだ切り倒されていない木々に燃え移って、山火事に燃え広がってしまうことをおそれなくてはならぬくらいだった。

ふたたびルードの夜が訪れた。だが、こんどは、おそらくまもなくこの広大な大森林を抜けられる、という希望が生まれていたからだろう。ゴーラ軍のようすは、昨日の夜の夜営よりもずっと生き生きしたものになっていた。昨夜はしんとしずまりかえって、何かしわぶきひとつしてもグールを招き寄せないか、と怯えていたようだったが、今夜は、そこかしこで陽気なお喋りもよみがえっていたし——もっともイシュトヴァーンのきびしい軍律や、イシュトヴァーンのむらな気分をおそれながらであったから、普通の軍隊のようにはとうてい野放図にはならなかったが、それでも、若い男たちがこれだけの人数でむらがって旅をしている、というにぎやかさは少し取り戻してきていた。

だが、本陣となっている中央のあたりはいたって静かであった。ことにまた、あわただしく張られた二つの大小の天幕の周辺は、昨夜と同じ沈黙につつまれていた。またその本陣とさだめられたあたりだけが、道より少し広くなるよう木が切り倒されると、急いで整地され、天幕が張れるように下の石や切り株がどけられ、その上に、油布をしきつめ、杭をたてて、天幕を張りめぐらし、手頃な木を左右に見つけて上からつり、そして中にさらに台をおいて毛皮の敷物がのべられる。行軍に大活躍する折り畳みの床几と机が取り出され、そしてイシュトヴァーンの気に入りの酒杯だの、地図だの、さまざまな身のまわりの品をいれた箱が荷車から出されて床の側に置かれる。そうなると、早速、輜重部隊の荷車から、酒のつぼが取り寄せられた。イシュトヴァーンがいるところにはすべて、どのようなことがあっても、火酒のつぼがなくてはならぬ、というようであった。

もっともその火酒のつぼも、そもそもが重たいものであるから無制限に持ってこられるというようなものではなく、巨大な壺をいくつか持ってきて、そこから小さな壺に小分けにして出すようにはしていたのだが――むろん、それはまかり間違っても兵士たちなどに分け与えられることはなく、あくまでも王ひとりのためのものであった。それでも、イシュトヴァーンが毎晩酒の力をかりなくては眠られぬため、かなりの量をあけてしまうので、遠征があまり長引くと、トーラスを出るときに持参したくらいの酒はとっくに底をついてしまい、どこかで手にいれるか、あるいは酒を断念するか、ということを余儀なくされるのである。だが今回は、まだトーラスを出てから、日数的にはそれほどたっているわけではなかったので、持参している酒にも糧食にもゆとりがあった。もっともこれだけの大人数の遠征軍であるから、酒は支給されずとも、なくてはかなわぬ三度三度の糧食の量だけでも、きわめて膨大なものだったのだが。

夜営がはじまると、当番兵たちはただちに本営の設営にとりかかると同時に、ほかのものは酒をとりに最後尾へと戻り、また、食料をとりにいって、夕食の支度にかかるもの、かがり火のためのたきものを確保するもの、小さなかがり火でかまどを作り、早速料理をはじめるもの――などなど、役割がこまかに決められてあわただしく動き出した。司令官たちには臨時に床几だけが用意されていたが、天幕が準備できると、イシュトヴァーンは本営の天幕へ、そしてグインはまた、小さな一人用の天幕が準備できると、困難な行軍はそれほど長くはなかったというものの、からだをかなり疲れさせるものであったし、グインの場合には、馬上にあっては縛られて鞍につながれていたので、自分の手で馬をあやつることが出来ず、しかも縛られたままの状態で、鞍の上で安定を保たなくてはならなかったので大変であった。下がたいらな、歩き心地のよい地面であったら、グインの運動神経をもってすればさしたることもなかったであろうが、その上に下は切り株や巨大な石がごろごろしている、ごく歩きにくいただ切り開いただけの悪路である。馬はしょっちゅうよろよろしたたし、そのたびに、手でからだを支えることが出来ぬまま、グインは鞍の上で、自分のからだを左右に動かしてなんとかバランスをとらなくてはならなかった。

　これは相当に疲れる作業であったし、また神経もすりへらすものだったので、ようやく馬からおろされたときには、さしものグインも相当疲れはてていた。それに、いくたびかは、あわや馬上から転げ落ちそうになったり、一回は事実ふりおとされそうになったので、からだのほうもかなり痛んでいた。ふりおとされても、鞍に縛り付けられているので地面に転落することさえ出来ずに鞍からぶら下がるしかなかったが、グインの重量だと、馬のほうが横倒しになって足を骨折してしまう危険性も大だったのである。

　そのグインの無事を確保しなくてはならぬのも、当番の兵士たちの役割だったので、その兵士たちの気苦労と疲労もかなりのものであった。行軍が終わって、グインをようやくなんとか無傷で馬からおろせる、となったとき、ほっとしたのは、当のグインばかりではなかった。

　本当は、このような悪路を進むからには、豹頭王の縄をといて自らに馬を駆らせさえすればよいのに、と兵士たちも思っただろうし、グイン当人も思っていたが、それはしかし、イシュトヴァーンの前ではなかなか口に出せぬことだった。彼が言い出したらきかぬこと、おのれの言い出したことにひどくこだわることは、すでに誰もがいやというほど知っていたからだ。それで、かれらは誰も何も文句ひとついわず、ただほっとしてグインを出来上がった天幕のなかに送り込んだのだった。

昨夜来、天幕に入るとグインの縄をほどいてやるのはなんとなく習慣のようになっていて黙認されていたので、また、兵士たちはグインの縄をほどき、飲み物と夕食とを運んできた。グインはひどく疲れていたので、毛皮の敷物をしいた床に身を横たえると、おそろしくほっとした。ここでイシュトヴァーンから呼び出しなどかからねばよいのだが、とひたすらそれだけを願っていたのだが、イシュトヴァーンは何を考えていたのか、グインをおのれの天幕に連れてこさせようとするけぶりも見せなかった。

グインはどうやら今夜は無事にここでこのまま休ませて貰えそうだという見込みがたつと、ひどくほっとして、そのまま粗末な夕食もそこそこに目をとじた。そのまま、彼にしては珍しく日中のひどい疲れのためだろう、ただちに彼は寝入ってしまった。

彼の天幕の中には、ごくちいさなかんてらだけが許されていた。それはゆらゆらとゆれるうすあかりを天幕の中に投げかけ、天幕の布地にぶきみな影を落としていた。見張りたちは、内側に二人、外にはかなりたくさんの兵士たちが配置されて、相変わらずじっと彫像のようにグインの張り番を夜通しつとめていた。また、遠くでグールの吠え声がかすかにきこえてかれらをおびやかす。もうそろそろ、すっかり夜がふけてきていたので、さしものイシュトヴァーンも歩兵たちに道を切り開く仕事を終わらせ、かれら自体の夜営の準備にうつらせていたが、かれらがいかにそうして道を切り開いて、かがり火をともし、人間の領域をこの深い夜と深い森とのなかにひろげようとしつづけても、その彼方には、かれらの作り上げたほんのささやかなその勝利を嘲笑うように、巨大で圧倒的なルードの深い深い闇がひろがっていた。

いかに数タッドおきにかがり火が、そして一中隊ごとに巨大なかがり火がひっきりなしに薪を投入されて明るい炎を吹き上げていようとも、周囲にひたひたと押し寄せてこようとするその暗がりの圧倒的な力、原初的な力のすさまじさに対抗すべくもなかった。朝の光があってこそ、なんとか安全を確信とはゆかぬまでも多少は信じることも出来たものの、たとえ真昼であってもここは文明の地には程遠いルードの森であるのだ。その深い夜の中にひとりでさまよい出れば、たとえグインといえども、無事に抜け出すことは不可能であろう。

その思いゆえに、護衛の兵士たちも多少は気がゆるんでいるようであった。ときたま、昼間の疲れが出てか、こくりこくりと居眠りをしかけてはっと目をさますこともあったし、全体に、なんとはなくゆるんだ空気が天幕の前後に漂っていた。おぼろげなあかりが照らし出す天幕のなかで、グインがすでにぐっすりと寝入ってしまっているのが見えた、ということもあっただろう。

グインのほうは、欲も得もなくただひたすら眠って疲れをいやしたいだけのことであった。明日も苦しい縛られたままの行軍を強いられなくてはならない。少しでも体力を取り戻しておかなくては、馬上でバランスを失ったらそのままこんどは大怪我につながってしまうかもしれぬ。天幕はひっそりとしずまりかえっていた。となりの、イシュトヴァーンの本営のほうからは、しばらく軍議をするらしい、低い、何人かの話し声がきこえていたが、それから、それが終わったらしく、三々五々隊長たちが自分の隊へ引き取ってゆき、そして、イシュトヴァーンの天幕も静かになった。

その、ときであった——

また、あの楽の音がはじまったのだ。

グインにとっては、すべては、夢のうち、としか思われなかった——すでにグインはよく眠っていたし、それは、グインの夢のなかにさしこんできた楽の音とも思えたのだ。だが、見張りの兵士たちが、一瞬けげんな顔をして、あたりを見回すようなようすをし、互いの顔を見合い——それから、首をかしげながらまたもとの姿勢に戻ったところをみれば、あるいは、そのたえなる音楽の音色は、ひとりグインの夢だけではなく、本当にこのあたりにまぼろしのように漂いはじめていたのかもしれなかった。

が——

グインにとっては、すべては夢のうちであった。

眠ると同時に訪れてきたのは、べつだん覚えておくこともできぬような、記憶の水泡のような夢のかけらにすぎなかった。だが、ふと気付いたとき、かれは、すでに目覚めてルードの森の暗がりに一人、完全な旅支度をととのえて立っていた。

「もう——朝か……？」

かれは思わずひとりごちた。むろん、夢のなかで、であったのだが。

「それにしては暗い。——それに、他のものたちは……どこへいったのだろう——？」

これまで、ずっとグインを取り囲み、ここまでぎっしりと身をよせあうようにして連行してきていた、おびただしいゴーラ兵のすがたも、——当然、イシュトヴァーンのすがたも、その天幕も、すべてが消え失せていた。

グインは奇妙なめまいのような心持に襲われながら、足を踏み出そうとした。だが、妙に足に鉛の重りをでもつけられたかのような重さがまつわりついていて、いつものようにごく軽く一歩を踏み出すことができなかった。

（なんだ……この……）

森全体が、なんとなく、姿をかえているように、グインには思えた。べつだん、ルードの森が、ルードの森でなくなったわけではない。むしろ、ルードの森はいつもよりもいっそう、そのままの小昏い、圧倒的な人跡未踏のすがたとしてそこにあったのだが——

それでいて、《何か》が変わっていた。この数日ルードの森を歩いて、見覚えたよりもはるかにねばねばと、なんとはなくその木々や、その奥の暗闇そのものが独自の生命をでも持っているかのような、ぶきみな重量感をもって、それはそこにあった。

そればかりではない。なんとなく、《ルードの森にあざけられている》ような、なんともいいようのない不気味な気持が、グインをとらえた。森は、それ自体の生命を持っているばかりではなく、それ自体の知性をまでも持って、じっとグインのようすをうかがっているかのようであった。

(これは……)

(これは、どういうことだ……)

グインは、くらくらするような思いで、ふたたび足を踏み出そうとした。ふたたび、鉛の重さが彼の足をひきとめた。

(これは——そうか、これは、夢だな……)

グインは思った。それは、なにやら、おのれでも滑稽な事柄に思われた——そうやって、夢のなかで、これは夢だ、と考えていて、しかも醒めることがかなわずにいる、というのは、よくあることのようにも思われ、また、とても滑稽なことのようにも思われたのだ。だが、その悪夢から抜け出すすべはなかった。彼は、夢の中のルードの森だけではなく、その夢そのものに、べったりとからみつかれ、まとわりつかれたような、奇怪なんともいえぬ心持でいた。

おのれのからだが横たわっているとも、それともたてになっているのだともつかぬ奇妙な感覚が、彼を酩酊しているような感じに誘い込んだ。彼は困惑しながら、なんとかして、手足を動かし、この一種の、夢のなかの金縛りのような状態から抜け出そうとこころみたが、そうすればするほどに、彼の手足はまるでルードの森それ自体から出るねばりつく透明な糸に縛りつけられているかのように、動かせなくなってゆくのだった。

（これは……どうしたら……）

このままでいるわけにはゆかぬ。

そのことだけは確かであった。このままここにこうしていれば、何もなすすべがない、というだけではなかった。何か、ひどく切迫したものが、心のどこかにあって、彼に警告を告げていた。

（お前がここでこうしているあいだに、しだいに恐しい身の危険が迫りつつあるのだぞ！）

誰かが、そう大声で、必死に警告しているのが、彼には感じられた。それはイェライシャの声のようでもあれば、グラチウスの声のようでもあった。イェライシャのいうことならば信じるが、グラチウスだとどうかな、と彼はおぼろげに思った。だが、この場合には、誰がいっているかどうかにはかかわりなく、その警告する声がまことである、ということだけは、彼自身にも感じられたのだ。

（身の危険……それはいったいいかなる危険なのだ？　どのような危険だ？）

（そんなこともわからぬのか。――そんなことさえわからぬようになりはててしまったのか、このたわけめ！　周りの森を見渡してみただけでわかるはずだ。いまや、この森はお前をも、他のものたちをも飲み込みかけている。いや、ルードの森はここにやってくるものたちをそのおそるべき運命のえじきにしようと、手ぐすねひいて待ち受けていたのだ。――そして、次々と訪れるものを飲み込んでしまう！　どうだ、もう、とっくに、ゴーラ軍のものたちも、イシュトヴァーンそれ自体も、飲み込まれてしまったのだぞ！）

（なんだと――）

夢のなかで、グインは驚いてあたりをさらに見回した。

（イシュトヴァーンが、ルードの森に飲み込まれたとは……）

（ルードの森は訪れたものをただ帰しなどせぬ！　それは、そこにやってきたものすべてにあらたなおぞましい運命をあたえ、まったく違う人生へと連れて行くのだ。だから、ルードの森にさまよいこんだものたちは、いずれにせよ、非業の最期をとげるか、それともかろうじて生き延びてもそれで大きく運命が狂うか、どちらかにならねばならぬのだ。ルードの森とは、ヤーンのしろしめす、運命の織りなされる織り場、それそのものであるからだ）

（そのような話はきいたことがないぞ――誰だか知らぬが）

グインはあざけった。

（ルードの森がヤーンの運命の織りなされる場だ、などという話は、どのような中原の伝説や言い伝え、吟遊詩人の口承にもきいたこともない。それはいまお前がでっち上げたことではないのか？　そうだったとしても俺は少しも驚かぬぞ）

（信じぬというのだな。ならばそれでもよい。だが、だったら見るがいい。イシュトヴァーンはどこにいる？　そしてゴーラ軍は？）

（それは……）

グインはとまどいながらあたりを見回した。

確かに、さっきまでいたはずのイシュトヴァーンのすがたも、ゴーラ軍の兵士たち、そしてちょっと顔見知りになったコー・エンだの、マルコだののすがたもどこにも見えぬ。それどころか、ゴーラ軍がせっせと長い時間と労力を投入して切り開いたはずの、あのひとすじの頼りない道でさえも、もう、いまは、あっという間に密林に飲み込まれ、両側からのびてきた吸血ヅタやあらたにしげりだした木々の葉に覆われて、あとかたさえも見分けられなくなってしまっている。それはまるで、強引にこじあけられた二枚貝が、たちまちのうちに、そのこじあけたものを飲み込んでとじてしまったありさまに似た。

（イシュトヴァーン）

グインは低く、それから次になりふりかまわず大声で呼びかけてみた。

(イシュトヴァーン。どこだ、イシュトヴァーン!)

いらえはない。

ただ、目の前には、黒々と、そしていかにもグインを嘲笑っているかのようにさわさわと梢を揺らしてゆらめいている、ルードの森がひろがっているばかりだった。グインはめまいを覚えた。

(きさまは何者だ?)

その怯えとめまいとを、そのように呼びかけてきたものへのものにすりかえて、グインは叫んだ。声がいんいんとひびいた、とみた刹那に、それはルードの森にふわりと飲み込まれた。

(何者なのだ? なぜ、姿をあらわさぬ——名乗れ。名前を名乗れ)

2

（名乗れ、だと）

あざけるように、なにものかが言いかえした。

（これはぶしつけなことをいうものだ。そのようなことをいうのだったら、まずそちらから名乗ったらよろしかろう）

（何だと）

グインは一瞬かっとした。だが、それももっともか、と思い返し、叩きつけるように答えた。

（俺の名はグイン）

（グインだと？　それは誰のことだ？）

（おかしな言いがかりをつける男だ！　グインは、グインだ。グインは、俺だ）

（そうではない。グインとは、それはどこのどういう人間だときいている）

（グインとは——）

グインは詰まった。それから、荒々しく答えた。

(グインは——豹頭王グインだ。ケイロニアの豹頭王、と呼ばれているという。そして、彼はケイロニアの皇帝アキレウス・ケイロニウスの女婿だという)

(だという——か)

ふふふふふ——

あやしくルードの森が笑ったようだった。グインは、おのれがことばをかわしているのは、もしかしてルードの森そのものなのだろうか、と疑った。

(お前はルードの森か。——だとしたら、それは、魔道師イェライシャのしろしめすところではないのか)

(イェライシャだと)

また、森は笑った。こんどは遠慮会釈なしに大笑いしたようにも感じられた。

(あの者は確かにルードの森にいるが、それはあくまでも、おのれの結界の手がかりをルードの森においている、というだけのことだ。かれがルードの森を支配しているだの、ここが彼の領域だの、ということは、誰ひとりとして認めてはおらぬ。ルードの森の死霊だの、グールだの——ワライオオカミでさえな)

(………)

(ここにいさえすればいつでもイェライシャが助けてくれる、とでも思っていたのか。

愚かだな！　ルードの森では、ルードの森のさだめたルールこそがもっとも重大なのだ。それを守れぬ者はたとえイェライイシャであろうが、誰であろうが、この森に存在することは出来ぬ。少なくとも、生きて存在することはな）

ククククク——と、どこかで梢が笑った。

グインはいよいよ、深い深い醒められぬ悪夢のなかにさまよいこんだ心持であった。

（そのようなことはどうでもいい！）

あえて、彼は声を荒げて怒鳴った。怒鳴ることで、おのれの正気を保とうと故意に声を荒げた。

（お前が名乗れというから俺は名乗ったのだ。だったらお前も名乗るのが礼儀ではないのか）

（われはとくに名乗っているし、お前もわれが何者かは知っているはずだ）

あいては動じなかった。グインは苛立った。

何かが、どこかで狂いだしている——目の前のルードの森が突然異なるものに変貌してしまったように、何か不気味な変容がおこなわれている。だが、最初はそうではなかったはずだ——グインは思い出そうとし、それから、思い出した。頭のはたらきもまた、鉛の重りをつけられてしまったかのように早く動かなかった。

（そうだ。お前は——俺に警告したのだった。早くここから出ろ、とな。——だが、いまのお前はその警告したものとはなんだかひどく違う。まるでお前は俺をここから出したがっておらぬようだ。もしかして、どこかで、誰かとすりかわって、俺をあざけっているのではないのか？　だとしたら、答えてみろ――お前は何者なのだ？）

（ここから出ろ、と警告したのはお前をここから出したい者だ）

ぶきみな声はあざけった。

（だがわれはお前がここから出ようと出まいとかまわぬ。いや、というよりも、出ぬほうが望ましい――かもしれぬな）

（わかったぞ！）

グインははっとして叫んだ。何もかもがいちどきに明らかになったような気持が彼をとらえていた。

（お前は、さいぜん、俺が、《お前は何者だ》と叫んだときに、あの警告者と入れ替わったのだ。――そして、あの者が語っているふりをしてすまして俺に語りかけてきているのだ。そうだろう？）

（何者だ、とたずねたのはわれにではないのか？）

意地悪そうに声は答えた。

（ここから出なくてはならぬのなら、出たらよかろう。――だがお前は出ようとはせぬ。出られぬのだろう――なら、出ることはないさ。ずっとここにいればよい）

（やはりそうだな。さきほど、俺にここから出ろ、早く出ろ、ルードの森に飲み込まれてしまう、と警告していたのはイェライシャだ。そうだろう！　だが、そののち、俺にいまいらえているのは、ルードの森だな、そうなのだろう？　きさまはルードの森だ、ルードの森が化けた化物か、それとももともとルードの森そのものが化物なのか、それとも、化物がルードの森に化けていたのか、そのどれかは知らぬが、きさまはルードの森なのだろう！　そして、イシュトヴァーンとゴーラ軍を飲み込んでしまったのだ。そのお前のいう運命とやらの中へ！）

（そんなことは――）

クックッと低く森全体が笑っているような感じがした。それはたちのいい笑いでも、親切な笑いでもなかった。むしろ、それは、ぶきみな、いかにも陰険な、腹黒いたくらみにみちた、おのれのたくらみに満足しているような邪悪な笑いであった。その笑いはグインにぞくりとさむけをもたらした。

（そんなことは知らぬ。だが、せっかくもともとは盟友でもあったイシュトヴァーンがやってきたこの小昏い深い淵の底へ、お前もやってくるというのなら、止めはせぬ。――いや、むしろ、歓迎するぞ。なんといってもお前はケイロニアの豹頭王なのだからな――というか、おのれでは少なくとも、そう名乗っているのだからな！）

（おのれでは、少なくとも、だと？　そう名乗っている、だと？　お前は誰だ！　お前はいったい、何を云いたいのだ！）

（お前はどうして、おのれが《ケイロニアの豹頭王》であることを知っていると思っているのか、ときいているのさ）

くすくすと森が笑った。

（お前はおのれが誰であるかも知らぬまま目覚めた。それなのに、どうして、そんなふうにしておのれの名前や、おのれがケイロニア王であることを確信できるのだ、といっているのだ）

（何だと）

グインは、痛いところをつかれた思いにぐっと歯を食いしばった。

（何だと……）

（どうやらずぼしらしい）

相手はふつふつとぶきみに、深い沼のヘドロが沸き立つように笑った。

（お前は、確信もなしにケイロニアの豹頭王と名乗り、それがおのれであると無理矢理信じようとしているのだな。――だからこそ、お前もまた、この深くて暗いルードの森の深淵の底にやってくる資格があるというものだ。イシュトヴァーンはむろんのことだ。――ひとというものはなぜに、このようにして深い闇のなかにさまよいこみたがるものなのかな。ごく少数の賢い者だけは別として、だが……）

(何だと……)

さきほどから、グインはそれしかいっていないことに気付かなかった。だが、グインの胸は大きく波立ちはじめ、そのたくましい肩は激しく上下していた。だがやはり、からだは、べっとりとまつわりつく大地に呪縛されたかのように、動かすことが出来なかった。どうにかして足を引き抜こうとありったけの力をこめたら、足そのものが、足首から抜けてしまいそうだった。

(何――だと……)

(お前は本当はおのれが誰であるかも知らぬのだろう?――だから、それを探しにルードの森にやってきたのだろう。だったら、このままずっとこの暗い深い森のなかで、おのれをむなしく探し続けながら暮らしてゆくがいい。そのほうが、お前の落ちたその暗闇にはいちだんとふさわしい)

(何だ……って……)

グインは、ふいに、急速におのれが体力を失いはじめていることに気付いた。だが、それがどうしてなのかはわからなかった。

(俺は――俺は……)

(グイン、というその名だけは確かであるかもしれぬ。――だが、ほかのすべてはお前にとっては暗がりのさなか、何ひとつ見えはせぬのだろう? だったら、あきらめてす

べてをわれにゆだねてはどうだ？――さすれば限りない安楽が訪れるだろう）

ふふふふ――

また、森が笑う。

グインは必死にもがきはじめていた。おのれのからだが、少しづつ、地面の下にひきずりこまれてゆくことが――地面がまるで巨大などろどろしたにかわのかたまりででもあるかのように、その中に引き込まれてゆきつつあることがようやく感じられてきたのだ。さきほど、ただ動かせぬだけかと思っていた足は、いまや、足首はおろか、膝に近いくらいまで、飲み込まれてしまって見えなかった。そしてもう、それはいまとなっては、引き抜くどころか、ちょっと動かすことさえ出来なさそうだった。かれのからだはどんどん下のほうに吸い込まれてゆきつつあった。

（何だ――これは……）

（身をゆだねよ！）

森が吠えた。ざわざわと黒い梢がいっせいにゆれて、彼にあやしい手招きをした。

（身をゆだねるのだ！　さすれば、お前は楽になる、救われる、苦しまずともよくなる！）

（何だと――何だと……）

わけもわからぬままにグインは怒鳴った。ざわざわと森が揺れた。

（お前は……何者だ！）

グインはありったけの声をはりあげて怒鳴った。

（何者だ）

（何者だ）

（何者だ）

ぶきみな反響がかえってきて、かれを包んだ。その反響がまるで物理的な重さをもっていて彼の上にのしかかってきた、とでもいうかのように、とたんに彼のからだはズブズブと沈んだ。いまや、彼の足は、膝どころか、太腿の半ばくらいまでも、森の土のなかに埋まっていた。

（これは……）

グインはなおもむなしく身をもがいてあらがった。が、いかな彼の力をもってしても、この、彼を下にひきこもうとするすさまじいまでの引力にあらがうことはできなかった。

（はなせ！）

（誰も、つかまえてなぞ、おらぬよ、豹頭王よ）

ククク——また、ひそやかな隠微な笑い声がする。

（お前がみずから、ここに来ることを——深い地の底に沈むことを望んでいるのだ。おのれが誰かも知らぬ——そう、あのイシュトヴァーン王と同じようにな。おのれで望ん

でみなここに落ちてくるのだ。はてしない永劫の暗がりの中に)

(何だと——何だと!)

グインはわけもわからぬままに怒鳴った。だが、そのとたんにまた、ずずっと彼のからだは沈んだ。いまや、かれは腰のあたりまで、土のなかにめりこんでしまっていた。もう、さきほどまで彼の目より少し高いくらいだった木々が、いまではたかだかと見上げなくてはならぬくらいのところまできて、上から彼をのぞきこみ、せせら笑っているかのように揺れていた。

(俺は——)

(さあ、すべてをゆだねよ……すべてを忘れて……それでいいのだ。それでお前は楽になる。——もう、あらがうことも、おのれが何者であるかなどとむなしいことを考えて——おのれの失われた記憶に苦しんでむなしい苦しみの時間を送ることもない……)

声はいつしかに、甘やかな、誘惑のひびき——限りない誘惑のひびきを帯びてきつつあった。

(もう、よいのだ。王よ——お前はよくたたかった。だがもういい——もう、すべてをわれにゆだねて、その目をとじるがよい——それですべては楽になる——イシュトヴァーンとも、地面の底でたっぷりと旧交をあたためることもできるだろうよ。——イシュトヴァーンもまた、おのれの望みどおりにここに少しづつ、自ら落ちていったのだからな。……そう、みな、ここにくるものは自ら望んで堕ちてくる……）

（あ——あ……）

（それでよい、それでよいのだ。何も無理に、あらがうことなど何ひとつない。それで、お前は楽になれる——誰もお前を責めぬ。お前をとがめぬ——お前は、永劫の安楽と休息とを手にいれるのだ……）

誘惑は、圧倒的であった。

どこかで、かすかに、警告のひびきが鳴っている——そんな気がした。

それは、あの、一番最初に必死になり、躍起になって、彼にここから早く抜け出すようにと忠告していた声のひびきに似ていた。——その後、ずっと彼と語り、そそのかしていたものの《声》は、その警告者の声に似せてはいたが、まったくことなるものであり、本当はまったく異質な、邪悪なものであることがいまやグインにははっきりとわかっていた。だが、いまでは、その警告はかすかになり、ひどく遠くなり——なおさら躍起になっているように思われた。

（やめろ——）

（そう、それでよい——それでよいのだ。目をとじよ——そうすればすべてが見えるだろう。お前は失った記憶を取り戻す——われに身をゆだねよ。ただ、《応》とひとこと答えさえすればよい。われが、お前の失った記憶を取り戻すべく、手伝いをしてやろう

——お前の心と魂のなか深く分け入り、そこに沈められた記憶をひきあげ、掘り起こし、助け出してやろう。——目をとじるのだ。そして、《応》というがいい。《すべてをゆだねる》とだ——それだけでよいのだぞ。もうそれだけで——すべてが楽になる。すべてが……）

（あ——ああ——）

グインは、おのれが、がんぜない子供のようになっているのを感じた。

それではならぬ——こうしていてはならぬ、と、遠くから警告するもののほかに、必死にグインのなかでも、叫んでいるものがあった。だがその声はひどく遠く、かすかだった。それにくらべて、誘惑の声は圧倒的であり、大きかった。

（ああ——駄目だ……）

（駄目ではない、すべてがよくなるのだ……そうだろう？　もう、何も案ずることはないぞ……すべてをよくしてやろう、そう、この暗い森からも出られる——さあ、目をとじて、そしてただ、うなづくだけでもよい。こくりと首をうなづかせてごらん、グイン——ランドックの豹よ……そして、われにすべてを——）

（や……め——）

グインは叫ぼうとした。

すでに声も口からもれなかった。口までも、すでにやわらかく黒くねばりつく土のなかに潜ってしまっていたのだ。このまま、頭の上までこの土にのみこまれたときには、俺は死ぬのだろうか——グインは、そうかすかに考えていた。

(このまま……こんなところで……悪夢の森に飲み込まれて、俺は……)

(そして二度とかえることもなく——親しい人々のところへ。待っている人々のところへ……)

その、ときであった。

いまや、目の前までも暗くなり、意識がふたたびうすれかけてゆこうとするグインのなかに、それが、さしこんできたのは。

(あ……)

(ぼくは歌うよ)

かすかな——だが、まがいようのないひびきだった。

(ぼくは歌うよ。カルラアの歌を歌うよ)

(この歌は……)

(ぼくは歌うよ——吟遊詩人の歌を歌うよ。生きることと死ぬること、愛することと憎むこと、いとしむことと背くこと、出会うことと別れること)

(ぼくは歌う、青い空を、空のひばりを、ひばりの歌を。ぼくの歌はひばりの歌、空の歌、ぼくの声に空のひばりもともに和す)

（おきき、吟遊詩人の歌を――ぼくはここにいる。ぼくはここにいて、そしてあなたのもとに向かってる。ぼくの声がきこえるかい――ぼくの声を聞いておくれ。ぼくの声にこたえてくれ。ぼくはあなたに向かってゆく――あなたを探しに遠くからぼくはやってきた――ぼくはいつも、あなたを探しにゆくだろう……出会うために、戻るために、帰るために、別れるために……）

（ぼくは歌う、ぼくの歌をおきき――きっと空が晴れてくる）

（あ――あ――あ……）

この歌だ――

その圧倒的な確信は、ほとんど、滔々とせきをきったように流れ出す大河の洪水のようでさえあった。

（間違いない。この歌だ――俺がきのう、天幕のなかで遠い空耳のように聞いたのは……）

（俺の耳にだけしか聞こえなかったこの歌……そうだ、この声だ。この歌だ――この旋律だ……）

（この歌声だ。そうだ、決して間違うことはない。このように歌うひばりは二人とはいるわけがない……）

（きこえるかい、ぼくの歌が）

優しく朗らかな、銀の鈴をうちふるようような——遠い初夏の風のような、思い出の中の月光のような声が、歌っていた。

(ぼくはあなたを探し続ける。ぼくはあなたに向かっている。ぼくはあなたのところまで、長い長い旅に出た——あなたを見つけて、あなたを連れてかえったら、ぼくはまた旅に出る。ぼくは旅するひばり、いつも風と一緒にいってしまう)

(だけどいまは、ぼくの歌をきいておくれ。そしてぼくに答えてくれ、ぼくの声が届いたと——その声をたよりにぼくはあなたを探しにゆこう。ぼくはあなたを探しつづける。ぼくはあなたを探し続ける)

(マリウス)

その名が、いったい、誰のものであるのかさえ、グインは知らなかった。

ただ、その確信はあまりにも圧倒的であったので、グインにさえ——記憶もなく、意識さえもさだかではないグインにさえ、あらがうことは出来なかった。

(マリウス。そう——マリウスだ。マリウスの歌だ。これは)

(マリウス——俺はここだ。俺はここにいるぞ——俺は土の下に、ルードの森の土の下にのみこまれようとしているのだ……)

(たとえあなたがどこにいても、ぼくはあなたを見つけるだろう。たとえあなたが何に化けても、ぼくはあなたを見つけるだろう。だってぼくの見るのはあなたじゃなくて、あなたの浄い魂だから——そのたましいが呼ぶかぎり、ぼくはあなたを見つけるだろう。あなたがぼくを見つけたように——ひきあうこころがありさえすれば

(ひきあう思いがありさえすれば)

あなたはぼくにこたえてほしい。——ぼくはここにいる、そしてあなたを探して歌う。

(ぼくはたどりつく、あなたのもとに——ぼくの歌があなたを導く。あなたの声がぼくを導く)

(だからこたえて。ぼくの歌に)

(だから祈って、ぼくのために。ぼくはあなたのために歌う。ぼくはあなたに歌い続ける)

「マ、リ、ウ、ス！」

グインは、絶叫した。

いつのまにか、頭の上までも飲み込みかけていた、恐しい軟泥は、あとかたもなくかれのまわりからなくなっていた。彼は、ただひとり、光あふれる草原に立っていた。そして、あたりには、やはりイシュトヴァーンのすがたも、ゴーラ軍のすがたも見えなかったが、もう、あやしくざわめく《ルードの森》のすがたも、そして、あのあやしくいざないかける声もなかった。

「マリウス！」

もう一度、かれは叫んだ。

「俺はここだ。お前はどこにいる。お前が見えるぞ――マリウス！」

（グイン！）

爆発的な歓喜――

だが、次の瞬間、圧倒的な失墜の感覚が彼をとらえた。

必死な、恐怖にかられた叫び声が、彼をいきなり目覚めさせたのだ。

「グイン陛下！」

「どうなさったのでございますか！」

「ひどくうなされておいででございます！　陛下！」

「ハゾスを呼べ」

すさまじい声で彼は叫んだ――

「マリウスにすぐここへと――そして、いますぐ――」

彼は、目をひらいた。

「ここは……」

「陛下……」

おびえた、朴訥な若い顔がいくつも、彼をのぞきこんでいた。

「ご気分でも――？」

「ここ――は……」

グインは、あえいだ。全身が、しとどに冷たい汗にぬれていた。かれは、毛皮のしとねの上に身をよこたえ、皮マントと毛皮にくるまっている自分に気付いた。

「ああ……」

恐しい脱力感が襲ってくる。

「夢――だったのか……」

(マリウス)

おそろしいほどにまざまざとしていた、その歌声――ルードの森の恐しい暗黒にさしこんできた真っ白な一筋の光のような歌声が、いまもあまりにもはっきりと耳に残っている。ふしぎなくらい、すべてが記憶のなかにまざまざとしていた。

「――驚かせたか……」

かれはかすかな声でいった。

「大丈夫だ。すまぬ、ちょっとうなされたらしい」

「さようで――ございますか。何か、お飲物でもお持ちいたしますか」

「いや……それには及ばぬ、すまなかったな。皆を驚かせてしまったか」

イシュトヴァーンの天幕から誰かがとんでくるような大声を出してしまったのだろうか、とグインは案じた。

だが、おそらく、彼自身のなかでは絶叫だったのだが、実際にはそれほどでもなかったのだ。あたりはしいんと寝静まっているようだった。彼はほっと深い息をついた。

「すまぬ。もうやすむゆえ、気にせんでくれ。ちょっといやな夢をみたのだ」

「そうでございますか――」

見張りたちは、そっと頭をさげてまた入口に戻る。かれらには、今夜は眠ることは許されてないのだ。

（すまぬ――）

グインは、そのうら若いすがたに目をやってつぶやいた。

（おぬしらには恨みはない。すまぬと思う。だが――だが俺は……ここから出なくてはならぬのだ。そうだ、何を迷っていたのだろう――俺は、出なくてはならぬ。この迷いの森から……そして、もどらなくてはならぬ――マリウスと――そして、皆のところへ……）

3

奇妙なしんとした、畏怖にも似た思いが、グインをとらえていた。

またふたたび天幕は寝静まった。やはり彼の声はこの天幕の見張りたちこそを驚かせたけれども、イシュトヴァーンの天幕までは届かなかったのに違いない。それだけではなく、ルードの森はまた、しんしんとひそやかな、圧倒的な闇と沈黙のしじまに戻っていた。

グインはまた、毛皮の上に、もう一枚の毛皮とおのれ自身のマントとをかぶって横になった。じっと静かになったのを、どうやらまた寝入ったと見て、見張りたちも座り、静かな夜をすごす態勢に入ったようだ。かんてらのあかりがゆらゆらとゆらいで、薄暗い天幕の中を照らし出す。

グインは片手を手枕に、見張りたちに背中をむけて、横向きにじっと横たわっていたが、その目は暗がりにかっと見開かれていた。

(戻らなくてはならぬ——出なくてはならぬ——ここから……)

もはや、眠るどころではなかった。

記憶が、もどったわけではなかった。――その瞬間にはまるで、電撃にうたれたように、すべてが明らかになった、というとてつもない歓喜に全身がふるえあがったような気がしたが、いったんそれがおさまってみると、やはり、本当の意味で『記憶が戻った』とは言い難い、ということがしだいにかすかなあきらめと失望とともにわかってくる。

やはり、思い出せないものはまったく思い出せなかったし、頭のなかの混乱がきれいに整理されたわけでもなく、霧が晴れるようにすべてが明らかになったわけでもなかった。一瞬、雲が晴れてその下にあったものがすべて見えたかのように、この世界のすべてはおろか、はるか彼方の宇宙のそのまた果て、時空のその向こうさえも見透かしてしまったかのような、ふるえるような歓喜がグインをおそったのだが、その片鱗ももう覚えてはいないのがいっそもどかしくて、何者かにつかみかかりたくなる。

だが、それでも、以前のようではなかった。彼は、決してまがいようのない手がかりをつかんだのだ。

(マリウス)

その名はふしぎな感動とともに、グインの中にしっかりともはや根付いていた。その名と、彼の歌声だけで、顔だの、どういうかかわりであったかだの、ともにいて何があったか、そのような事実関係はまるで思い出せなかったが、ひとつだけ恐しく確かなのは、その《マリウス》と呼ぶ存在が、彼の記憶のなかにいる、ということだった。そしてそのマリウスが、あの歌を歌い、歌うことをなりわいとし、歌うことでふしぎな力を得ている存在だ、ということであった。

（なんという歌声だったことだろう――）

グインは、そっと身をふるわせた。おのれがたいして音楽など、わかるとも思わなかったが、それでも彼の心をさしつらぬいて差し込んでくる強烈な歓喜や、共感や、慕わしさをかれの歌が自由自在に呼び覚ますのだ、ということだけはわかった。そして、そのマリウスに対して、おのれが、なんらかのしっかりとしたつながり、きずなを持っている、ということも。つまりは、マリウスという存在が、かれの人生の「中にいる」存在である、ということをだ。

（イェライシャは……何といっていたのだったかな……）

その名について、前にきいたような気がするのは、おそらくイェライシャが何かの話のついでにその名を告げたのだというおぼろげな記憶はある。だが、イェライシャが告げたことはあまりにもたくさんありすぎて、彼のなかでまだ整理がついてさえいなかった。

（俺の……俺のなんだといっていたのだっただろう……）

確かに聞いたと思うのだが、もうそれは記憶のなかでまぎれてしまっている。だが、そうして聞いたことばは、ましてこうして、いちどきに記憶の欠落を埋めようなどとしているときでは、あまりにも多すぎてまぎれていってしまうだろうが、決してあの歌だけはまぎれようがない。それほどの、存在感と、そしてはっきりとした魂を示してくる歌であった。

(行かなくてはならぬ。マリウスのところへ――)

パロの女王リンダのもとにいったとしても、おのれの記憶が戻るのか、また、リンダは豹頭の異形の男の訪れが迷惑なのではないか、とさまざまに迷っていたことも、すべて、すっきりと晴れてしまっていた。マリウスのもとにまずゆくのだ。彼ならば、必ず何かの知識をグインにあたえてくれるだろう。なぜなら、マリウスは、すでにグインの記憶のなかにかなり大きな存在としてあることが、はっきりとグインに感じられる存在であるからだ。それはまるで、それこそさっきの悪夢さながらに、何ひとつあかりのない真っ暗な深淵のなかでただもがいていたグインのなかに差し込んできた、一筋の白くもえ輝く希望の光であった。その光がおのれを導くだろう、とグインは思った。

(早いほうがいい。――ルードの森を出ると、おそらくは……もっとあたりがひらけ、そうすると……逃げのびにくくなる)

いまは、なんどきくらいなのだろう。少なくとも深更をまわっていることは確実だ。

ふっと、ゆらめきながら、かんてらのあかりが消えた。目のなかがふっと暗くなったのでそれと知れた。

「油がきれたのかな」

低く、見張りが顔をあげてささやくのが耳にはいった。

「どうしよう。油をもらってこようか」

「そうだな。まだ夜は長いしな。それじゃ、コブス、お前、いってこいよ」

「わかった。じゃ、おもての誰かにかわって入ってもらうか？　マス」

「いや、いいよ。どうせ、ちょっとの間だろう。もうじき交代なんだし。——どうせ、グインどのもよく寝てるようだし」

「じゃ、なるべく早く戻る」

「ああ」

低い声がかわされるのを、グインは耳をそばだてて聞いていた。

(不運だったな、マス。——これほど、何回も当直がかわるというのに。すまぬな、恨みはないのだが——許してくれ)

天幕から、見張りがひとり出てゆく気配がする。グインはそっとうなりながら寝返りをうつふりをしてからだの向きをかえた。天幕のなかは、薄目をひらいてみると、かんてらの灯りが消えたせいだろう、ひどく暗くなっている。マスはそのままうずくまって、槍を肩にかつぎ、じっとしているようだ。
グインは、呼吸をととのえた。すぐ天幕の外には十人からの兵士たちがいるのだ。
（——よし！）
深く息を吸い込んだ次の刹那——
グインの巨体は、毛皮を音もなくはらいのけ、しずかにマスの前に立ちはだかってい
た。マスがはっと顔をあげようとしたとたん、グインの手がマスの喉に食い入っていた。
「ぐうぅッ」
マスは、ほとんど、何がおこったか、理解するいとまさえもなかったかもしれぬ。
異様なかすれ声がもれただけで、マスはばたばたと手足をもがいたが、そのままグイ
ンは両手でマスの喉仏を握りつぶすように力をこめ、両側から首をつかんだ指さきが食
い込むまでしめあげた。しばらくもがいてから、マスのからだがだらりとグインの手か
ら垂れ下がった。
「すまぬ」
低くグインはつぶやいた。そのまま、マスの死体を地面に横たえると、マスの腰から
剣をさやごと引き抜き、おのれの腰にさした。そして、そっと天幕のすそをめくりあげ
て四方のようすをみる。天幕のちょうど入口の右側のほうは、ルードの森が近く迫って
いて、見張りはそちら側にはおいていないようだった。見張りはとりあえず、グインが

もし出入りするにしても、天幕の入口から出る、としか思っていないのだろう。その前に動きがあれば、中の見張りたちが声をあげると思っているのだ。グインは、そっと天幕のすそをめくりあげ、そこから這うようにして外に忍び出た。そのまま、切り出されたばかりの木のにおいをぷんぷんさせて積み上げられている木の垣根を乗り越えると、もうグインのからだは、ルードの森の暗闇のなかにのまれていた。

あまりに、脱走が簡単にいったことが信じられぬかのように、グインはしばらくのあいだ、慎重に這うようにしながら、ゴーラ軍が切り開いた道から遠ざかりつづけた。ただ、方角を見失わぬよう、ゴーラ軍が道をつけてさらに切り開こうとしている方向へ、一定の間隔をはなれたあとは平行に移動しつづけるつもりだった。そのまま、まっすぐにゆけば、ゴーラ軍の予定では明日にもルードの森をぬけて、ユラ山地に出るはずだったから、そのまままっすぐにゆければ、同じくほどもなくルードの森を抜けられるはずだ。

うしろで、ゴーラ軍の夜営が一歩づつ遠くなる。だがまだ、グインは気を抜かず、むろん歩みをゆるめようともしなかった。とりあえず夜間にルードの森を単身で歩き回るというとてつもない危険をおかすことに対しては、本能的な警告のようなものがありはしたが、それはグインはほとんど気にとめなかった。それは彼にとってはいまや、ただの《やらなくてはならぬこと》——にすぎなかったのだ。

彼はふたたび、自由の身であった。つかのまとはいえ、グールの洞窟に身を休めて以来、またハラスたちの様子を見に戻ってイシュトヴァーンの虜囚となり、その後さほどの時間はたっていなかったのに、なんだかおそろしく長いあいだ、虜囚となっていたように思われた。たとえその身はぶきみな夜のルードの森のなかにあるといえども、彼にとっては、自由にまさる素晴しいものはなかった。

その上に腰には剣がある。剣と自由、それさえあればなんでもできるような気がした。だが、まだ安心することは出来ぬ。それどころか、初速が肝心とかなりの速度で這うようにルードの森に分け入っていったのだが、その間に彼のひそかにおそれていたもの——うしろのほうで、わあっというただごとならぬ叫び声がきこえ、そしてふいにゴーラ軍の夜営のあたりがひどく明るくなりはじめた。たぶん、かんてらの油をとりにいったコブスが、天幕に戻ってきて僚友の死体を発見し、そしてとりこの逃亡を発見したのだろう。いまや、ゴーラ軍のなかはてんやわんやの大騒ぎになっているようだった。

次々とあらたな松明がかがり火から火をうつされて燃えはじめているのが、暗闇のなかに身をひそめたグインの目からも、木々のあいだごしに見えた。見えるのはかがり火と松明のあかりだけであったが、それが次々と木々のあいだを移動しはじめているのが見える。おそらくゴーラ兵たちはあわただしく呼び集められ、急いで豹頭王の捜索にかかるべく編成されているのだろう。

これで、イシュトヴァーンの人間不信はさいごのとどめをもさされて、決定的なものになってしまうのだろうな——というようなかすかな感慨が、グインを襲った。だが、もはやそれについても何も思わなかった。どちらにせよ、もうグインは何も思わなかった。置き去りにしたハラスの運命についても、無事であってくれればよいと思いはしても、それに縛られておのれの行動を制約されなくてはならぬという思いが、ふしぎなくらい、いまはグインのなかから消え失せてしまっていた。それは、あるいは、さきほどのあの《マリウス》という手がかりを発見したことで、グインのなかにあらたに、追求すべき、本来の大切なものへの道が見つかったからなのかもしれなかった。

わあっ、わあっというようなどよめきがゴーラ軍のあいだから聞こえてくる。ゴーラ軍は完全に、眠りなどふっとんでしまっているようだった。次々とくりだされる兵士たちが、松明を片手にルードの森の闇のなかへと分け入ってゆくらしい気配を、グインは聞いていた。

彼が身をひそめているあたりは、まだ、それほどゴーラ軍から安全なほどにはなれているわけではない。だが、真夜中のルードの森だ。かえって、うろつきまわって下手にグールなどに出くわしてしまい、騒ぎをおこしてそれをゴーラ兵に聞きつけられて所在を見つけられるよりは、いっそここに朝まで伏せていたほうがいいのではないか、とグインは考えていた。朝になれば当然、イシュトヴァーンは捜索の部隊を本格的にくりだしてくるだろう。どうしても、グインをイシュタールに連れ帰りたい、というイシュトヴァーンの意志はかたい。

だが、森のなかならば、一対数千人、という戦いでも、なんとかならぬということはないだろう——そうグインは、奔放に考えていた。広い場所ではどうにもならなくても、このような木々が密にからみあい、見通しもきかぬ場所では、素早く動け、しかも剣技にひいでた一人の戦士のほうが、命令をうけてそのとおりに動こうと右往左往する歩兵たちや、馬からおりた騎士たちよりもはるかに有利なはずだ。

「オーイ。オーイ」

またしても、あの呼び声——グールの襲撃に乗じて、ハラスとその一味を逃亡させてから森のなかに逃げ込んだグインを追ってきたあの叫びが、グインを求めはじめていた。あのときには、ほかならぬそのグールたちが、グインを助けてくれたのだった。

だが——

もはや、そのような僥倖はありそうもない。

（………）

グインは、じっと湿った地面に身をふせながら、そのまま闇にまぎれてそろそろと移動したい、という強烈な衝動とたたかった。とにかく明るくなってから動くほうがいい、とおのれに言い聞かせて、じっとそこに伏せているのには、かなりの精神力を必要とした。

「オーイ。オーイ」

「オーイ。オーイ」

遠く近く、ゴーラ兵たちのおのれを探す呼び声が暗がりの中にひびいてくる。

ゴーラ兵にとっても、この深い闇のなかを、かぼそい松明一本を手にして、グインをたずね歩くことは、たとえ徒党を組んでいても、かなり恐しく、ぶきみでかなわぬことなのだろう。声のなかには、苛立ったようなひびきのあるものもあれば、むしろ怯えの感じられるものもあった。それは波のように、遠ざかってゆくかと思えばまた戻って来、また右と思えば左に、木々のあいだからわき出るかと思えば、どこか遠くの空からふってくるように響いてきたりした。

その声だけをきけば、おそろしく多数の兵たちが森の中に分け入っているようであった。あちこちから、かれらのかけあう呼び声が響きあい、それ自体が、かれら自身が迷子にならぬようにという合図にもなっていたのに違いない。たとえ松明を持っていても、深い木々のあいだにまぎれてしまえば、それは、たやすく見えなくなってしまったし、また、それがふっと消えてしまえば、その小隊はほかの隊と合流出来なければかれら自身がそれこそ森の遭難者となりかねなかったからだ。

「オーイ。オーイ」

「オーイ。オーイ」

思いもかけぬ近くからも、突然その声が聞こえて、グインははっと身を固くした。だが、あえて、それでそこから動きだそうとはしなかった。もう、ここでとにかく見通しがきくように、日がのぼってくるまでのあいだをじっと耐えて、明るくなって少しはあたりが見渡せるようになってから、方向を見失わぬように注意しつついっそうルードの森に深く分け入ってゆき、そこからゴーラ兵の目から逃れつつルードの森を出る方向にむかう、というのが、グインの考えだった。いまこの暗闇のなかをやみくもにかけまわることは、おそらく、ゴーラ兵には見つからぬとしても、もっとおぞましいものに見出されてしまう危険のほうがはるかに多かったに違いない。

(俺は……この森の、この闇も……確かに知ってはいるようだ)

また、ふしぎな思いがグインの胸をかすめた。いつか、確かに、このようにして、この湿っぽい、木のにおい、葉っぱのにおい、そして湿った土や苔のにおいにみちたあやしい闇のなかで目覚めたことがある、というような、ふしぎな既視感が彼を襲っていた。

(あれは……いつのことであったのか……)

確かに、自分はこの森のなかを、しかも夜、同じようによるべなく、同じように不安にかられながら、おのれが何者であるか、ここが何処であるのかもわからずにさまよっていたことがある。それは、すでに、《確信》であった。

（ただ——それが、いつで、どのような事情であったかさえ、わかったなら……）

あの夢のなかで、ふしぎな吟遊詩人マリウスの歌を聴いて以来、彼の中で、明らかに何かが微妙に変化している。

そのことも、彼にははっきりと感じ取られていた。マリウスの歌が、すべてではないまでも、彼のなかに、すでにあった何かを呼び覚まし、呼びかけて、それを起動させたのだ。もう、ちょっと以前のような、あの、（おのれは、何者であるのか——）何ひとつわからぬ、という苦しみにみちた思いは、グインの胸のなかになくなっていた。まだ、何も思い出せたというわけではなかったが、《マリウス》という人間を自分が知っていることだけははっきりと確信できたし、それと同様に、このルードの森をおのれがただひとりさまよっていたことがあることも、はっきりと、すでに起こった出来事として感じ取れた。それと同じように、イェライシャという魔道師を知っていたことも、また、ほかにもたくさん知っていたことや人があったことも、確信できた。それは彼にとってはきわめて重大な変化であった——いまや、彼は、答えがないのではなく、ただ、たどりつけないだけなのだ、と信じることが出来ていたからだ。

彼にとっては、それは非常に大きな、決定的な差異であった。答えは、ないわけではない。見つからぬわけでもない——ただ、彼自身が、そこにたどりつく方法がわからぬ、道を見いだせぬだけなのだ。だが、それならば、いつかは必ず、彼はそれにたどりつけるだろう。そのとき、すべての、彼の苦しみは終わるだろう。

そう考えれば、すべてに希望をもつことが出来たし、その希望だけをあてにして、この苦しみを堪え忍ぶこともたやすかった。そして、そのためにも、彼は、自由でなくてはならなかったし、いまこそ、イシュトヴァーンの妄執のくびきにつながれていてはならなかった。そうであるかぎり、彼は、決してその最終的な正しい答えにはたどりつけないだろう。そのことが、彼にははっきりと感じ取られていたのだ。

（マリウス……）

なおも、波がよせてはかえすように続く「オーイ、オーイ」という声に耳をふさぎながら、彼は懸命におのれのあらたに生まれた希望にすがりつくことで不安をまぎらそうとした。

（そう、マリウス……よく知っている。俺はとても彼をよく知っていた……どんな顔だったかも、何をしていた者かもわからぬ。いや、吟遊詩人なのだ……だが、それだけではない――そうだ、ただのそんな吟遊詩人ではなかった。もっと確か、何か、俺と密接なつながりが――）

イェライシャは、なんといっていたか。

（そして、おぬしにとっては義兄にあたる、吟遊詩人のマリウス――といおうか、シルヴィアの姉オクタヴィアの夫でもあったマリウスが……）

ふいに、忘れていたイェライイシャのことばが、くっきりとグインの中によみがえってきた。まるで、隠れん坊をしていたものが、ふいといたずらそうに顔をのぞかせたように、はっきりとそのイェライイシャの声のひびきまでもがよみがえってきたのだ。

(おぬしにとっては義兄にあたる吟遊詩人のマリウス)

イェライイシャは、確かにそう云った。なぜ、思い出せなかったのだろうと、グインは思った。まるで、脳が、その部分を覆い隠されて、故意にそこから記憶を目かくしされてしまっていたとでもいうようだった。

(義兄——兄！)

(そうか——兄なのか……マリウスというのは、俺の兄——というか、俺の妻と、彼の妻が姉妹で……だから俺と彼が義理の兄弟だ、ということか……)

グインはちょっと首をかしげた。その考えは、あまり彼のなかに、ぴんときた感情を呼び覚まさなかったのだ。それよりも、あの深い夢の中で、直接にマリウスの歌をきいた、と思ったときのほうが、はるかに強烈な共感と親近感と、そして骨肉にひとしいような友情がつきあげてきた、と思う。

(妻……)

どうやら、俺にとっての重大な問題点は、その《妻》のあたりにありそうだ、とグインはひそかに思った。

（妻……）

妻を通じての兄弟なのだ、と考えること——マリウスが、彼の義兄だから、かかわりが深いのだ、と考えることは、いっこうに彼に得心をもたらさなかった。むしろそれは、彼とマリウスとのあいだにあった強い、個人的なきずなを、おとしめるもののようにさえ感じられた。どうして、そのように感じられるのかはわからなかったのだが。

（まあいい。——それもとにかく、俺がマリウスとめぐりあいさえすればわかるだろう。——マリウスは夢のなかで、彼のその歌でもって俺にずっと呼びかけていた。——俺を探している、俺を案じている、俺を捜しにきている、と——）

（あの歌は、いったい何だったのだろう。マリウスが、イェライシャやグラチウスのように魔道師であるとも思われない。彼はたしかにただの吟遊詩人なのだろう。——だがまた、マリウスがウーラやザザのように超常能力を持った妖魔というわけでもない以上……あのマリウスの声が俺の夢のなかに、その前には俺の耳にだけ聞こえてきたというのは、誰か魔道師のそういうはからいか、それとも——）

（それとも、《想い》が呼び寄せた、ひとつの奇跡であるのか——もしそうだとしたら——それは……）

グインは、いつしかに、おのれの思いに深くひたりこみ、ここがどこであるか、どのような状況におのれがいるか、さえ一瞬忘れていたかもしれぬ。

むろん警戒心を忘れたわけではなかった。だが、彼は、一瞬、またマリウスの声がきこえてきはせぬか、それがおのれに、これからどちらに向かえばいいのかを指し示してくれはせぬかと、それに全ての注意を注いでいた。まわりの、深くおぞましいルードの森のことを、彼は忘れていたかもしれぬ。

気付いたとき、彼は、いきなりぐいと彼をとらえてさらに森の奥に引きずり込もうとする、得体の知れぬものに、足首をひっつかまれていた。冷たいぞっとするような、まるで死体にその死んだ手でつかまれているかのような感触が、彼を恐しい覚醒に引き戻した！

4

彼は、あやうく唇からもれそうになった絶叫を、かろうじて歯を食いしばって押しこらえた。驚愕と、おのれの不覚に憤る思いよりもさらに、足首をひっつかんだ手の、あまりにも不気味な感触が、彼を叫ばずにはいられぬような思いに突き落としていたのだ。

だが、ここで声をあげたら、それこそ、あたりじゅうを「オーイ、オーイ」の声をあげながら、彼を捜しまわっているゴーラ兵たちにただちに発見されてしまうだろう。彼は歯を食いしばったまま、唇からいまにも洩れそうな嫌悪と苦痛のうめきさえも必死にこらえて、その手をおのれの足首からもぎはなそうと、必死の戦いに突入していた。

彼にしてみれば、このようなところで、こんな苦境を強いられるとは、想像さえもしなかったことだった――おのれの膂力の強さ、全身の驚愕すべき筋肉と力の強さには、絶対の自信があった。それは、記憶を失って目覚めて、おのれの体のさまざまな能力を知ろうとあれこれ試みたときに最初に彼が驚愕したことでもあった。最初はおぼつかなかったものの、からだの動かしかたを思い出すたびに、いったいなぜおのれがこのようなことが出来るのか、こんなことを知っているのかと、いったいおのれは何者であるのかとひどく驚異の思いにうたれた。巨大なラゴン族のドードーを易々と持ち上げるにいたってその驚愕は頂点に達したし、ゴーラ兵をあいてにケス河畔で戦いをくりひろげたときにも、（なぜ、俺のからだはこんなにもたやすく確実に動くのだろう——？）という、ひととたたかい、ほふる技術に対する驚愕があった。

それをこえて、彼は、おのれの体力と筋力とにはすでに恃みにするところがあったのだ。だが、いま彼の足首をひっつかんでいるものは——

それが何であったにせよ、それはきわめておそるべき非人間的な力をもった怪物であることに疑いはなかった。彼の足首は骨太く、たくましかったが、その足首をつかんでいる手そのものが、まるで、ふつうの数倍の大きさをもつ巨人ででもあるかのように大きかった。だが、ひどく骨ばっていて、ごつごつしていた。それが、足首に食い込んでくるのが、かなりの苦痛をグインに与えた。

彼はやっきになってその手を蹴りはなそうと、しばらく真っ暗な森の下生えの上で戦ったが、どうしてもそれが出来ぬと悟ると、からだを起こし、しゃにむに手をのばしておのれをいましめる手をひっつかんだ。だが、とたんに、こらえきれずにワッと低いうめきをもらしてあわてて手をはなした。つかんだとたんに、いきなりおぞましくも、ずるりとその、つかんだところから皮がそのままはがれ落ちてしまったような、ぞっとする感触があって、手がまるでむきだしの生肉のようなイヤな感触のものにふれたのだ。しかも、その一部は、明らかにむきだしの骨としか思われぬ感触をもっていた。肉も、張りつめた生き生きとした肉ではなかった。まるで、それは、死人の腐肉、どろりとつかめばくずれてくる腐肉そのものだった。

（ウ……ッ）

さしものグインも吐き気をもよおした。もう、彼はその手を、おのれの素手ではらいのける気になれなかった——一瞬たりとも、触りたくはないようなおぞましさのきわみの感触であったのだ。彼は腰の剣をひきぬくなりあてずっぽうで、おのれの足を傷つけぬよう気を付けながら、暗がりのなかでふりおろし、おのれの足をつかんでいる手を叩き切った。ごきりとイヤな音がし、同時に、またおぞましい腐肉に刃がめりこんだようなぶちゅっというイヤな音がした。そして、彼は自由になった。

足首には、ぞっとすることに、まだしっかりとつかんでいる手首がついているままだったが、それもかまってはいられなかった。彼は、やにわに、ころがるようにその隠れ場を飛び出した。彼は深く繁っているカバ樹の茂みのなかに、一晩身をひそめていようと思っていたのだが、もう、そうしてさえいられなかった。また、遠く近く、波の打ち寄せるように響いている、「オーイ。オーイ」の声にも、もうためらってはいられなかった。この暗闇でもういっぺん、音もなくにじり寄ってくるあの腐肉と骨で出来ているような怪物に触られたら、気が狂ってしまいそうだった。

（くそ……）

茂みから木立のあいだへ、ちらちらと動くゴーラ軍の松明に気を付けながら、それのないほうへ、「オーイ、オーイ」の声の聞こえぬ方向へ、彼はどんどん分け入っていった。もはや、どちらがルードの森を抜け出す方向か、などということにもかまっていられるゆとりはなかった。それはもう、この恐しいおぞましい夜を切り抜けてからのことだ、と彼は心のどこかで考えていた。ただひたすら、彼はゴーラ軍の本隊を避け、同時にえたいの知れぬその怪物から逃れようと森の奥へ飛び込んでいった。

その怪物が、彼をあきらめたわけではないことははっきりしていた。フッフッ、フッフッ、という荒々しい息づかいが、彼のすぐうしろや横でたびたびきこえ、そして、何かイヤなにおい――それこそ腐肉がたてるような、息苦しい、かいだだけで嘔吐をもよおすようなにおいがときたま鼻をうったからだ。怪物は、明らかに、彼に手首を叩き切られても、いっこうにこたえた形跡もなく、彼をじりじりと、暗闇のなかで追跡しているのだった――それもすぐ近く、ほとんど彼から二、三タッドもはなれていないような至近距離をだ。明らかに、またつかみかかるために、様子を見ているのだろう――だが、手首を切られたことで、あまりにも甘く見過ぎる危険を感じて、すぐにかかってこぬのかもしれない。

だが、彼の力をもってしても蹴りはなすことも、もぎはなすこともできぬ、その力の強さが、グインのなかに、かなりの恐怖を呼び覚ましていた。ただの強力な怪物であったのなら、それだけのことで、剣があれば、おそるるに足らずと思ったかもしれないが、一瞬だけつかんだ相手の手の、あまりにもぞっとする、腐り朽ち果ててゆく死体そのもののような感触が、グインをふるえあがらせていた。必死にこらえていなければ、恐慌をおこしてやみくもに絶叫しながら走り出してしまいそうなくらいだった。そうしてしまったら、さらにもうどうにもならぬ大混乱を引き起こし、結局またゴーラ軍の――というよりもイシュトヴァーンの手に落ちることになるだろう、という思いだけが、グインを絶叫とパニックから引き留めていた。

死霊だろうか――必死に、うしろと両側とに警戒をおこたりなく、いきなりつかみかかられぬように気を付けながら、剣をかまえたまま走りながら彼は考えていた。グールだろうか。いや、グールにしては、その手は大きすぎた。それにグールは痩せこけてはいるけれども、もっとなんというか、たとえどれほどみすぼらしく、退化しており、ぶきみなおぞましい外見をしていても《人間》のなれのはてであった。少なくとも、生物であった。グールの洞窟のようすをみたあとでは、いっそうその思いが強く感じられた。だが、この怪物は、もうひとつのルードの森の名物、死霊だというのには、あまりにも生々しく腐った肉体のぶきみな感触を持ち合わせている。死霊はもうちょっとは肉体から遠いはずだ——とグインは思う。

ということは、まだ、ひとに知られぬぶきみな住人が、ルードの森の奥深くにはいたのだろうか。かもしれぬ。この広大な辺境のぶきみな大森林については、そこで何がおこっても不思議はないし、そこで本当はどのようなことが起き、どのような住人が棲息しているのか、本当の本当のところは、まだ誰も知ってはいない、といってもいいのだ。なんとか、かなり深くまでルードの森を開墾し、人間の土地とすることに成功したモンゴールのわざも、こんどはケス河をこえて攻め寄せてくるノスフェラスからの敵たちにおびやかされ、また、それをおそれて森に入ればあやしいそれらのルードの森の住人たちにおびやかされ、結局、ぽつりぽつりと辺境警備隊の常駐する砦、タロスやアルヴォンなどが海のなかの離れ小島のように取り残されただけで、ルードの森をまことのモンゴール領とするにはいたっておらぬ。もっともそのようなことを、グインが知っていたというわけではなかったが。

彼は、ただひたすら、いまでは、ゴーラ軍よりもさえ、このぶきみな怪物から逃げたい一心だった。フッフッフッフッというおぞましい熱い息づかいは、決してグインのかたわらからいなくならずに、どこまでも追いすがってくる。ちらちらと見える松明からどんどんグインははなれて、何もあかりの見えぬ森の奥へ、奥へとかけこんでゆきつつあった。そのことへの懸念ももう、忘れてしまうほどに、いまのグインは、ただひたすらこの迫り来る、正体不明の怪物に苛立ち、かりたてられていた。
ふいに、彼ははっと息をつめて立ちすくんだ。いつのまにか、フッフッフッフッとい
うぶきみな息づかいが、さきほどは右にあったと思ったのに左にもある――そしてその
ほうが、ずっと近くにある。それだけではない。さては左にまわられたのか、と息を殺
して気配をたどると、右にも確かにそれがある！
怪物は二匹に増えていたのだ。
「ワアアアッ！」と絶叫して走り出したい――それこそゴーラ軍の中へさえまた駆け込
んで人々のうしろに逃げ込みたいような衝動と、グインは懸命にたたかった。何よりも
最大の恐怖は、このぶきみな相手の正体がまったく目で見ることができぬことだった。
どれほどおぞましい死霊であっても、グールの変種であっても、とにかく目で見ること
さえできれば、グインはためらわなかっただろう。だが、暗がりで、そのあやしい息づ
かいにつきまとわれながら行方もわからぬまま逃げまどっていると、しだいに森の奥に
入り込んでゆくべき方向も森の出口も見失っている、という恐怖、なにものともわから
ぬ相手に対する恐慌、すべてがどんどん、グイン自身のなかでふくらんでいって、どう
にもならなくなりそうだった。彼は必死に落ち着こうとつとめた。
足をとめることも、そのまま立ちすくんでいることも恐ろしかった――といって、ど
んどん森の奥に自分がおびき寄せられ、また致命的な場所――たとえばこの剛力な怪物

がもっと何百匹もいるような場所へとさりげなく誘導されているのではないか、と思うと、逃げまどい続けることも恐ろしかった。だが、そうしてはいられなかった。グインは、懸命に木から木へと手さぐりでつたい、木にふれると次の木にむかってよろめきながら下生えを踏み越えてゆき、森の奥へ、奥へと逃げ続けた。いつしかに、遠く近く波のようにうち寄せるあの声もきこえなくなり、ゴーラ兵の松明も見えなくなっていた。まるで、その意味では、この怪物どもが、彼を、ゴーラ軍の本陣からなるべく遠いところへ誘導していったかともとれたが、それは、あの先日のグールどもとはまったく違い、安全な仲間の人間のいるところから、彼を切り離してどうにかしようというおぞましい意図だとしか感じられなかった。それほどに、彼をどこまでも追いすがってくる気配は邪悪で、おぞましかった。

（ウッ――）

ふいに、彼はまた、足元の地面が崩れてゆくような恐怖に、そのまま座り込みそうになった。

息づかいは、四つに増えていた。

（く……ッ……）

もはや間違いない。この怪物どもは、仲間どものいるところへむけて、さりげなくグインを追い立てているのだ。

いっそ、イシュトヴァーンの兵に自らとらえられ、少なくとも今夜の安全だけは確保すべきだっただろうか――という、ひるんだ考えがグインの脳裏をかすめたときだった。

いきなり、彼はうたれたように足をとめた。

朝の光！

いつのまにやら、一晩のほとんどを、彼は、ゴーラ軍から逃げて身を隠し、それからこのぶきみな怪物どもに追い立てられて、過ごしてしまったのだ。いまや、朝の最初の光が薄紙をはぐように、深い闇に包まれたルードの森をさえうすく明るく照らしはじめ、その最初の一閃が、深い森のなかにさしこみ――

そのあかりが、かれのまわりを照らし出したとき――

彼は、思わず、そのまま失神しそうになった。

（これ――これは……何だ……）

彼のまわりには――ほとんど無数、とさえいっていいほどの数の、おぞましいぶきみな怪物が、木々という木々のあいだにひしめいていた。

じっさいには、彼の周辺だけであったのだから、無数、とみえたのは彼にとってだけだったかもしれぬ。だが、充分すぎるほどだった。

「こ――これは……」

思わず吐き気とうめきをこらえることが出来なかった。そこに、木々のかげから彼を赤く光るぶきみな目で見つめ、いかにも物欲しげに手をのばそうとしているのは――まさしく、生きた屍の大群であった。もとの顔もわからぬほどに腐り崩れた顔の半分に、白いしゃれこうべがのぞいていた。骨のまわりに腐った肉がこびりついていた。ぼろぼろの布きれがかろうじて覆い隠しているその青黄色い腐りはてたからだには、ウジがわいているのではないかと思われるような、ぼろぼろの筋肉の筋が赤い糸になって垂れ下がり、眼窩からは赤い神経繊維の束でかろうじてつながっている眼球がどろりと頬の下まで垂れ下がり――

「ワアッ！」

彼は絶叫した。もう、ゴーラ兵に見つかる懸念でさえ、こらえることが出来なかった。彼は嘔吐をこらえながら、おのれのまわりをひたひたと埋め尽くしてしまった死霊どもから目をそらした。まさしくこれが死霊だった――ルードの森に巣くうと名高い死霊に違いなかった。だが死霊というよりは、むしろこれは、ゾンビーだった。

（ん……）

またしても――

何かがかすかに彼の記憶の扉をひっかいた。

（俺は……そのようなものと、どこかで――こうして……）

（そうだ、雪深い……雪深いところだった……雪を蹴散らして、このような――生きた死体の群と戦い……）

彼がおのれの記憶に気を取られたせつな。

死霊どもが襲い掛かってきた！

彼は嫌悪と恐怖のおめき声をあげながら、剣をふるって死霊どもを払いのけた。それはべつだん、一人一人をやっつけるのは、彼のような戦士にとっては、きわめて不愉快だということを除けば大した問題ではなかった。直接ひっつかまれたときこそ、おそろしい力に驚愕したが、剣で切れば、もろくその骨はくずれ、肉も砕け散ったし、そのまま横倒しにもなった。だが、問題は、この恐しい数と——そして、あとからあとから、まるで熱く生ある血と肉とに憧れてでもいるかのように木々のあいだからあらわれてきて襲い掛かってくる、その執拗さのほうだった。

（イェライシャ……）

思念をこらして、イェライシャに助けを求めるいとまもなかった。グインは、太い木をたてにとって、少なくとも後ろ側だけは守りながら、つぎつぎとかかってくる死霊どもを蹴り飛ばし、切りはらい、つきのけた。直接手でつかまれると厄介なことになりそうなことがわかっていたので、とにかくからだに触れさせぬようにしなくてはならなかった。木の上から襲いかかってくるものはさいわいいなかった——たぶんこのぶきみな化物にはそんな知能はないのだろう。知能どころか、意識さえもあるとは思えなかった。

ただ、あとからあとから、わきだしては襲い掛かってきて、切り飛ばされるとあっけなく、まるで壊れた人形のように木々のあいだに倒れ込む。そうするとそのからだを無造作にばきばきと踏みにじってうしろからまた別のやつがあらわれる。

すでに、森はかなり明るさを増していたのに、死霊どもは、深い夜のほうへあわてて逃げてゆくようすも見えなかった。グインは、恐しいことに気付いた——おのれの底なしの体力でも、これだけの死霊どもを相手にしていたら、いつかは、力つきてしまわねばならぬだろう。

(ばかな……)

こんなところで——深い悪夢のようなルードの森のなかで、こんなぞっとするような、青黄色い、青黒い、どろどろする腐汁を垂れ流す悪夢そのもののような怪物どもにしてやられる、などということがあるものか——グインは、おのれを鼓舞しようとした。だが、これまでに感じたこともないくらい、剣が重く感じられ、そして死霊どもはさらにあとからあとから、まるでここで行われている無言のたたかいに招き寄せられ、吸い寄せられてでもいるかのように押し寄せてくるかと思われ——

(駄目……か——)

まだ、機械的に、むらがる死霊どもを単身はらいのけ、切りとばし、蹴りはなしながら、グインは、かすかに思った。そう思ったのは、はじめてかもしれぬ、とも思った。

（こんなところで……）

マリウスの歌にも、パロの女王リンダにもたどりつけぬままに。

しかもこの死霊どもに食われるのだろうか。それはなんともぞっとせぬ死にかただな

――かすかな苦笑が、グインの中に突き上げる。

（俺は――俺は、もう駄目だと思ったことは、あったのだろうか――これまでに？　俺は……どのような窮地をも切り抜けてきたような気がしていたのだが……）

いまの自分は、もとの自分ではない。

もとの自分、記憶のすべてがちゃんと完全にそなわっている《正しいありうべき自分》であったら、このていどの窮地は簡単に切り抜けられていたのだろうか？

だが、もう、戦う意志――というか、死霊に対抗しつづける気力そのものが、急速に萎えてゆこうとしていた。膝が何回か、がくりと大地にくずれそうになった。

（俺は……）

もう、駄目か、と思った。

それを、敏感にも、死霊どもは察知したようだった。わらわらと手をのばしながら、われがちにグインのほうに、のろのろと這い寄ってこようとする。フッフッフッフッ、という荒々しい息づかいは、死霊どものどこから出ているのか、あたりをおぞましく満たしてしまっているように感じられた。光る目が、明けてゆくルードの森の、だがまだ

かなり暗い薄明のなかに、点々と無数に光った。

（俺……は――）

本当のおのれにたどりついてから死ぬことが出来なかったことだけが残念だが、これも運命というものだろうか――

その思いが、グインをとらえたときだった。

「………！」

グインめがけて、殺到しようとしていた、死霊の一匹の首が、グインの目の前で、宙に舞った。

続けて、その隣のやつがなかば崩れた頭を叩き割られて前のめりに、青黄色い腐った脳漿のような液をふりまきながら倒れこんでいった。死霊たちのあいだには、パニックは起こらなかったが、死霊たちが、のろのろと向きを変えるのがグインにわかった。もはや、かれらはグインではなく、新しくうしろからあらわれた敵に心を奪われていた。

「誰だ――！」

ゴーラ兵に見つかったのか――

だが、いっそそのほうが、皮肉にもいのちびろいをしたことにはなったのかもしれぬ。

グインの口辺に皮肉な笑みがかすかに漂った。彼は死霊どもの漿液でどろどろになった剣を振り上げる腕を恐しく重く感じながら叫んだ。もう、すべてを放棄して眠りについてしまいたいようなだるさが彼を襲っていた。

「誰だ?」

「ケイロニア王グインどのか?」

びいんと張った声——

死霊どもの向こうからかけられた声。

「お返事あれ。そこでルードの森の死霊どもと戦っているのは、ケイロニア王グインどのにまぎれないか?」

「そうだといったら——どうするつもりだ」

グインは、ゴーラ兵に発見されたか、とほぞをかためた。奇妙な違和感のようなものが、その聞き慣れぬなまりをはらんだ声の主に対してあったが、もう、グインは、ひどい疲労の極限で、すべてへの関心を失いはじめていた。

「ゴーラ兵か。——俺をまた、イシュトヴァーンのもとに連れ戻るか。それもよい。もう、この上の無益な殺生をする気持も萎えた。俺がかつて殺した者たちが、もしやして、ルードの森でこのような死霊となってよみがえったのかと思えば、これは俺の業そのものかもしれぬな」

「グインどのか」

野太い——

同時に、荒々しい歓喜とも、感動とも、おののきともつかぬ響きをひそめた声が叫んだ。同時に、死霊どもが強引にうしろから追い散らされたかのように左右に逃げ出した。このようなところにあらわれるとは、まったく想像もつかなかったようなものたち——黒衣に全身をつつみ、この森のなかで、なおかつ騎乗している一騎を先頭にした、ぼろぼろの黒衣に身をつつんだ黒づくめの一団が、そこにあらわれた。

先頭にたつ一騎は、漆黒のなりをしていた。さながら、明けていったはずの深い夜のさなかから、たちあらわれてきたかのようだった。黒いマント、黒いターバン、そして黒い服。何重にもかさねた服のいずれもが、胴着も上着も足通しも靴もすべて黒だった。だがそれはかなり長い旅にでもあったかのように、ぼろぼろになっていた。

その黒一色に包まれた顔もまた浅黒く、恐しく痩せていた。頬骨が高く、いかにも異国的な顔をしていた。けいけいと光る、おちくぼんだ眼窩の中の目もまた、黒く、その上の眉も漆黒だった。そして黒いこわいひげが顔の下半分をおおい、黒に灰色や白いものがかなりたくさんまじっている髪の毛は黒い布につつまれていた。黒い布をかけた馬にうちまたがったそのたくましい——というよりも、かつてきわめてたくましかった男の廃墟のように見えながら、いまなおいのちの炎を燃えさからせているかにみえる黒づくめの男の黒い瞳が、ふしぎな感動に似たものをこめて、グインの上に注がれた。

「グインどのか。——お目にかかりたかった」

った。

「誰だ」

グインはつぶやいた。体力も気力も、急速に失われてゆく心地にめまいがするようだった。

「それがしは――」

黒い男は、ひらりと、馬から飛び降りた。深い木々のあいだにあるとも思えぬほど、自然で、確実なしぐさであった。まるで一生、この深いルードの森の中を、馬とともにくぐりぬけてきた、とでもいうかのように。

「お初にお目にかかる。ケイロニアの豹頭王グインどの」

野太い声が、ふしぎな感動にふるえながら名乗った。

「それがしは、スカールというもの。もとは草原の国アルゴスの王太子なりしが、いまは漂泊の身となりはてた。アルゴスの黒太子スカールなどとひとはかつて、俺のことを呼んだものだ」

「アルゴスの黒太子、スカール……」

グインは、かすみゆく目に、スカールを見つめた。北の豹と、南の鷹の――北の豹のトパーズ色の目と、漂泊の南の鷹の、黒く燃えさかるひとみとが、まっこうから、相手のすがたをとらえた。それは、長い中原の歴史に刻まれるべき、時さえも止まったかと見えた瞬間であった。

あとがき

お待たせいたしました。「グイン・サーガ」第百巻「豹頭王の試練」をお手元にお届けいたします。

という文章を、ついに書くときとなりました。一九七九年、ということは昭和五四年の七月に第一巻のあとがきを書いてから、二十六年をへだてて、いま私は、「百巻目のあとがき」を書こうとしています。あれはどこで書いたのであったか、もちろんあれは青戸の家、私の生家の二階の自分の机だったのだと思います。むろん手書きで、気に入りの「LIFE」の四百字詰め原稿用紙で。そのときのことなどは、もうあまり覚えていません。調べれば、記録魔の私のこと、その前後が私にとってどのような毎日であったかもすぐわかるのですが、いまはべつだんそんなことを調べる必要もない、という気がします。ただ、私のなかでは、「願えばかなう天パテ」ということばがなんとなく木霊しているような感じです。それはかつて、天狼パティオで皆が言いならわしていたことばでした——その天狼パティオもうあと二ヶ月、二〇〇五年の三月三十一日で、@

ニフティのパティオサービス終了とともにあしかけ十年の幕をとじます。
二十六年前——私は二十五歳でした。いやもう二十六歳になっていたのかな。右も左もわからなくて、ずいぶんと人を傷つけたり、傷つけられたりしてわけもわからずやみくもに何かを求めていました。いま、それより賢くなっているとはとうてい云えないかもしれませんが、それでも人生は二十六年分、私にとって優しくなってきたような気がします。なんてたくさんのことがあったことでしょう——あのとき存在もしていなかった私の息子はこの本が出た一ヶ月後にちょうど二十二歳の誕生日を迎える若者となりました。この本を出すようにとすすめてくれた最初の担当者は私の夫となり、今年で結婚二十四年目を迎えることになりました。このシリーズをなかなか楽しみにしていてくれた私の父は一九九五年に八十四歳で亡くなり、その二年後に、終生寝たきりであった心身障害者の弟もついに寝たきりのまま四十二歳で亡くなりました。読者の皆様にとっても「二十六年間」はどんなにかたくさんのことがおこったことだろうと思います。なかには亡くなられた読者のかたもおられれば、一巻が出たときにはまだ生まれていなかったかたもおられるでしょう。たまたま同じくらいの時間をわかちあい、ずっとともにリアルタイムで読み続けてきてくださったかた、途中で「もうつきあえぬ」と離れてゆかれたかた。「私の青春を返して」といわれたこともありました。「どこまでもついてゆきます」と云って下さったかたたちもたくさんいました。そのすべてを飲み込んで、いま、ここに、「グイン・サーガ」は百巻目を迎えました。
　これが「完結」篇であったなら、私の約束は完璧だったことでしょう――私の公約は「二十五年で、百冊完結」だったのですから。二十六年ならば誤差の範囲内で許していただけそうです。でももうひとつの公約はすでに大幅に破ってしまいました。半月ほど前に、私はすでに百三巻を脱稿しました。三月末には百四巻にかかっていることだろうと思います。そして続けて百五巻へ、百六巻へと――どこまで続くのか、もう私にはわかりません。でもこの公約違反はたぶん、「百巻に届かず終わった」ときよりもはるかに、皆様は笑って許して下さるのではないか、という気がします。まあ、やっぱり栗本のことだから、百巻なんかで終わるわけはないと思っていたよ、と笑っていただけるのではないか、と甘い考えでおりますが、駄目かな（笑）
　それにしても、よくも書きも書いたものです。二十六年間で百巻。ということは、一年割りにして平均三・八冊。一冊きっちり四百枚ですから、ここまでで四百字四万枚。ということは一千六百万字。登場人物数も二千人をゆうに超えました。のべ部数は公称二千六百万部に達しました。この「グイン・サーガ」以外のものも書きました（^^;）二〇〇四年末で私の書いた小説・評論その他は、文庫化もろもろもすべてひっくるめると「五百三十四冊」にのぼるそうです。ということは、そのうちの五分の一がグイン。文庫化をのぞいたオリジナルは三百くらいだそうですから、だとするとその三分の一がグイン。

この百巻をお届けできた時点で、とりあえず、「このあとは余生」といってもいいくらいかもしれませんが、あいにくなことにどうもそういう殊勝な玉ではないようです。また、「ついにここまで！　やってまいりました！」と声涙ともに下ってしまうほど、純真でも素朴でもないようです。というより、やはり東京人ですから、人前であまり露骨に感動したり、そういうところを見られるのはシャクにさわります。一応これでも「じーん」としてはいるんだと思うんですけどねえ、どうなんだろう、わからない（爆）というか、前から騒ぎすぎたんだろうか。

でも、百巻、ですもんね。こののち、この記録を破る人が出てくるかどうかは神のみぞ知るですが、このあまりに長大な、いまのところ史上最長最大の物語にかかわってくれたすべての人々、絵を描いて下さった（下さっている）四人の画家の方々、加藤直之さん、天野喜孝さん、末弥純さん、丹野忍さん、この物語の担当をして下さったすべての方々、今岡清さん、池之上譲さん、河野光雄さん、加藤寛之さん、野崎岳彦さん、田向真一郎さん、阿部毅さん、そして膨大な人名リストを作って下さっている天狼パティオの「人名長者」れいさん、ずっと間違いチェックをして下さっていた三紘堂さん、いま現在して下さっているtnkさん、英文タイトルをずっと考えて下さっている竹原沙織さん、そして私を支えてくれたすべての人々、そして誰よりも――百巻までつきあって下さった読者の皆様。

なんて、「感謝のことば」をのべてしまうと、なんかまるで「完結した」みたいで、ちょっと違いますすね。「グイン・サーガ」はまだやっと折り返し点を通り過ぎたところにすぎません（爆）それがまたなかなかすげえ話だなあ、と思いますけど、ここで手をふって安心していては、この先の半分の速度がにぶるかもしれない。もっと先へ、先へゆかなくては。ここまできたからには、もう意地でも完結させるっきゃない。その完結がいつくるのか、二百巻なのか百五十巻なのか、もうわかりようもないけど、でももう、これは、終わりますよねえ。終わらないわけにはゆかない。私だって最後まで読みたいし、読まないわけにはゆかない以上、書かないわけにはゆかない。

それに、もう百一巻、百二巻は脱稿しておりますが、正直、すでに読んでくれた編集者さん、チェックマンtnkさんたちはみんな一様に「ギャーッ！」と絶叫をしております。「こ、こうなるですか！」「ここまでやるですか！」と驚愕の叫び――と同時に「先を早く読ませてくれえ！」と叫んでおられます。まあ、その（^^;）百巻のラストも相当なもんだと思いますが、「あれよりもっとすごい」ですぞ。まだまだ栗本、こんなところでは足はとめません。もっとゆきます。もっともっとゆきます。どこまでもゆきます。

などというやつですが、こんなやつによくぞ百巻までつきあってきて下さいました。

もうこうなったら腐れ縁で、死ぬまでつきあってやって下さいね。私も死ぬまでこの物語につきあいます。いつか地球もまた最後の時をむかえ、私の生もそのずっと前におわり、記憶さえも失われてゆき、この長大な物語に一喜一憂し、ナリスさまを愛して下さり、イシュトのために心を砕いて下さり、「グインと結婚したい」といって下さり、リンダを理想の女性だといって下さった皆様もまたはるかな空のかなたに去ってゆかれるときがくるかもしれませんけれども、でも、ここにこの物語があり、そして私たちがいっとき一緒に過ごした、ということ——地球上の、日本の片隅でほんの二、三十年ばかり、この物語とともにあったということ——それはいつまでも必ずこの大宇宙の黄金律のどこかに留められているはずです。

なんと長い道のりであったことでしょう、そしてまた、なんと長い旅に御一緒に出たことでしょう。でもまだ道は途中であり、そしてこのさきにまだまだいろいろな山や谷が続いてゆくのだと思います。世の中も変わっていったし、二十六歳の何もわからぬ小娘であった私ももうようやく「それでは自分も年をとるのだ」ということを認められるおばさんになりました。それでもまだ物語は続いています。百巻をさえ通過点にかえて、どこまでも、どこまでも流れてゆきましょう。それが私の望んだことだったから——ネバー・エンディング・ストーリイ、終わらない物語を書きたいと願った一人の若い娘がいました。そしてその娘はいつまでもいつまでもその物語を書いていたそうです。この世の果てるときまで、その娘がおばさんになり、やがておばあさんになり、その娘の生んだ子どもがひとの子の親になってもなお。――この物語はそのように終わるべきなのだと私は思います。そうとしか終わりようがない。なぜなら。ひとの世もひとの思いも、誰かひとりが死んでいったとて、結局どこまでも続いてゆくものだから。地球が滅びたところで、どこかにある別の惑星の上で誰かがまた夢見て、物語をつむいでさえいれば、《私の思い》は、《あなたの夢》は続いてゆくのだと思います。

本当にありがとう、そしてこれからも一緒にいて下さい、いられる限りのあいだだけ。私はここにいて、そしていつまでも物語っていましょう。誰もこなくなったとしても、この物語をつむいで、いつまでも。そのうちに私という存在はいつのまにか幽霊に化して、それでもなおひっそりと物語の紡ぎ車をまわしている、妖しい時の忘れ物になっていったとしてもなお。それより幸せなことがこの世にあるだろうか。私はないと思う。

かつて私の夫は私の伝記を書くならこういうタイトルにしたいと云いました。《世界で一番幸せで、世界で一番不幸な少女》と。「私である」ということが、このような使命や運命を背負っているということの重みがそれを日夜もっとも近くで見ている夫には「世界で一番不幸」とも感じられたのかもしれません。しかしいま、私は、「私こそ世界で最も幸せな人間だ」と思います。この物語と出会えたこと、この物語を生めたこと、この物語の作者であれたこと、この物語のすべての登場人物に出会い、すべての読者に伝える機会をもらったこと。こんな幸せのために私はいったいどのようなよいことをしたのでしょうか。有難う御座います。物語ることが出来て、本当に幸せです。ほかにもう何も望むことはありません。いや、時間だの、ローレックスだの、息子が幸せになることだの、新しい着物だの、欲しいものはいっぱいありますから、何も望むことはないなんて嘘ですね。でも、私は幸せです。そして、たとえすべてが失われていったあとでも、このとき私が幸せだったことだけは、誰も私から奪えないと思う。それは私が自分で二十六年かけて、そしてたくさんの人々に支えてもらって生み出したものであるのだから。「グイン・サーガ」は百巻になりました。ほかにもう何も云うことはありません（そのわりにずいぶん云ったたって？（爆））あとはただ、「百一巻を読んでほしい」それだけです。

記念すべき百巻のプレゼントは、渡辺葉子様、松岡市子様、下澤由紀江様の三名様です。それでは、百一巻でまたお目にかかりましょう、そしてこれからもずっと！

二〇〇五年三月七日（月）

神楽坂倶楽部 URL
http://homepage2.nifty.com/kaguraclub/

天狼星通信オンライン URL
http://homepage3.nifty.com/tenro/

天狼叢書の通販などを含む天狼プロダクションの最新情報は、天狼通信オンラインでご案内しています。

これらの情報を郵送でご希望のかたは、長型4号封筒に返送先をご記入のうえ80円切手を貼った返信用封筒を同封して、お問い合わせください。（受付締切等はございません）

〒162-0805 東京都新宿区矢来町109　神楽坂ローズビル3F
（株）天狼プロダクション情報案内グイン・サーガ100係

ダーティペア・シリーズ／高千穂遙

ダーティペアの大冒険

銀河系最強の美少女二人が巻き起こす大活躍大騒動を描いたビジュアル系スペースオペラ

ダーティペアの大逆転

鉱業惑星での事件調査のために派遣されたダーティペアがたどりついた意外な真相とは？

ダーティペアの大乱戦

惑星ドルロイで起こった高級セクソロイド殺しの犯人に迫るダーティペアが見たものは？

ダーティペアの大脱走

銀河随一のお嬢様学校で奇病発生！　ユリとケイは原因究明のために学園に潜入する。

ダーティペア　独裁者の遺産

あの、ユリとケイが帰ってきた！　ムギ誕生の秘密にせまる、ルーキー時代のエピソード

神林長平作品

戦闘妖精・雪風〈改〉
未知の異星体に対峙する電子偵察機〈雪風〉と、深井零の孤独な戦い――シリーズ第一作

グッドラック 戦闘妖精・雪風
生還を果たした深井零と新型機〈雪風〉は、さらに苛酷な戦闘領域へ――シリーズ第二作

七胴落とし
大人になることはテレパシーの喪失を意味した――子供たちの焦燥と不安を描く青春ＳＦ

完璧な涙
感情のない少年と非情なる殺戮機械との時空を超えた戦い。その果てに待ち受けるのは？

今宵、銀河を杯にして
飲み助コンビが展開する抱腹絶倒の戦闘回避作戦を描く、ユニークきわまりない戦争ＳＦ

谷　甲州作品

惑星CB-8越冬隊

惑星CB-8を救うべく、越冬隊は厳寒の大氷原を行く困難な旅に出る——本格冒険SF

カリスト—開戦前夜—

二一世紀末、外惑星諸国は軍事同盟を締結した。今こそ独立を賭して地球と戦うべきか？

火星鉄道（マーシャン・レイルロード）一九

二一世紀末、外惑星連合はついに地球に宣戦布告した。星雲賞受賞の表題作他全七篇収録

エリヌス—戒厳令—

外惑星連合軍SPAは、天王星系エリヌスでクーデターを企てる。辺境攻防戦の行方は？

巡洋艦（クルーザー）サラマンダー

外惑星連合が誇る唯一の正規巡洋艦サラマンダーと航空宇宙軍の熾烈な戦い。四篇収録。

谷　甲州作品

最後の戦闘航海
外惑星連合と航空宇宙軍の闘いがついに終結。掃海艇に宇宙機雷処分の命が下されるが……。

終わりなき索敵 上下
第一次外惑星動乱終結から十一年後の異変を描く、航空宇宙軍史を集大成する一大巨篇！

遙かなり神々の座
登山家の滝沢が隊長を引き受けた登山隊の正体は、武装ゲリラだった。本格山岳冒険小説

神々の座を越えて 上下
友人の窮地を知り、滝沢が目指したヒマラヤの山々には政治の罠が。迫力の山岳冒険小説

エ　リ　コ 上下
美貌の高級娼婦、北沢エリコにせまる陰謀の正体は？　嗜虐と倒錯のバイオサスペンス！

著者略歴　早稲田大学文学部卒
作家　著書『さらしなにっき』
『あなたとワルツを踊りたい』
『蜃気楼の旅人』『ルードの恩
讐』（以上早川書房刊）他多数

HM = Hayakawa Mystery
SF = Science Fiction
JA = Japanese Author
NV = Novel
NF = Nonfiction
FT = Fantasy

グイン・サーガ⑩⓪

豹頭王の試練

〈JA789〉

二〇〇五年四月　十日　印刷
二〇〇五年四月十五日　発行

（定価はカバーに表示してあります）

著　者　栗本　薫
発行者　早川　浩
印刷者　大柴正明
発行所　株式会社　早川書房

郵便番号　一〇一 - 〇〇四六
東京都千代田区神田多町二ノ二
電話　〇三-三二五二-三一一一（大代表）
振替　〇〇一六〇-三-四七七九九
http://www.hayakawa-online.co.jp

乱丁・落丁本は小社制作部宛お送り下さい。
送料小社負担にてお取りかえいたします。

印刷・株式会社亨有堂印刷所　製本・大口製本印刷株式会社

ISBN4-15-030789-X C0193